Amours

FRANÇAISES,

POÈMES,

suivis

De Trois Chants Élégiaques,

Par Frédéric Soulié

De Lavelanet.

———✦✦✦———

Paris,

LADVOCAT, LIBRAIRE,

ÉDITEUR

DES ŒUVRES DE SHAKSPEARE, SCHILLER, LEPON, MILLEVOYE,
ET DES CHEFS-D'ŒUVRE DES THÉATRES ÉTRANGERS.

M DCCC XXIV.

AMOURS FRANÇAISES,

POÈMES.

CHANTS ÉLÉGIAQUES.

IMPRIMERIE DE H. FOURNIER,

RUE DE CLÉRY, N° 9.

AMOURS

FRANÇAISES,

POÊMES,

SUIVIS DE

TROIS CHANTS ÉLÉGIAQUES,

PAR

F. SOULIÉ DE LAVELANET.

A PARIS,

CHEZ LADVOCAT, LIBRAIRE

DE S. A. R. MONSEIGNEUR LE DUC DE CHARTRES,

AU PALAIS-ROYAL.

M DCCC XXIV.

En publiant Quatre Poëmes sous le titre d'**Amours Françaises**, j'ai essayé d'esquisser les Mœurs de la Nation à diverses époques de son histoire.

Cette idée m'a été inspirée par les Esquisses de Mœurs de Monsieur Goubeaux. J'ai même emprunté à ce spirituel auteur le sujet de **la Fille du Franc**; mais je crains bien de n'avoir pas su conserver dans mon

1

Poème la grâce et la vérité qui font lire cette Nouvelle avec tant d'intérêt.

PREMIÈRE PARTIE.

AMOURS

FRANÇAISES.

I.

Camma,

ou

La Fille du Franc.

CAMMA,

ou

LA FILLE DU FRANC.

———◦———

« Quand la mer, entr'ouvrant ses liquides tombeaux,

« De nos vaisseaux romains dispersait les lambeaux,

« Il me fallait mourir, victime de sa rage.

« Pourquoi donc ai-je alors, au milieu de l'orage,

« Promis la brebis noire aux autels des Eurus ?

« Pourquoi, vengeur tardif des malheurs de Varus,

« Aux rivages germains jeté seul, sans défense,

« D'une mort sans cercueil ai-je évité l'offense?

« Quand, payant de leurs soins mes hôtes généreux,

« Contre les fils d'Odin j'ai combattu pour eux;

« Oh! pourquoi, sous la flèche ou la terrible épée,

« Ma vie avec mon sang ne s'est-elle échappée!

« On n'eût pas vu du moins un soldat, un Romain,

« Adorer en tremblant la veuve d'un Germain....

« Sans regret l'existence eût pu m'être ravie!...

« Tu n'étais pas encor mon bonheur et ma vie;

« Je n'avais pas encor vu ton front adoré,

« Camma! Sur mes douleurs tu n'avais point pleuré! »

Flavius dans ses mains alors pencha sa tête;

Compagnon de Drusus (*), une longue tempête

Aux rivages des Francs l'ayant enfin jeté,

Il dut la vie aux soins de l'hospitalité.

(*) Germanicus.

Cependant une belle au regard pur et tendre,

Dont les pas à l'écho se font à peine entendre,

Auprès de Flavius doucement vint s'asseoir.

Elle était triste aussi ; sur son vêtement noir

Brille sa chevelure au gré des vents flottante,

Comme d'un réseau d'or la parure éclatante ;

Et Flavius pensif, levant alors les yeux :

« Camma, je t'attendais.... Tu serais dans ces lieux,

« As-tu dit, quand la nuit voilerait les campagnes. .

« — Ami , vois, le soleil brille au front des montagnes ;

« L'heure n'est point passée. — Oh! comme tu viens tard!

« Tiens, regarde, j'ai fait les apprêts du départ ;

« J'ai revêtu l'armure à Rome accoutumée ;

« Je vais revoir sa terre autrefois tant aimée !

« — Flavius, tu le dois ; là seront tes beaux jours,

« Car la patrie est douce avant tous les amours,

« Et du cœur de ses fils la patrie est jalouse ;

« Là, ton père, ta sœur, et peut-être une épouse....

« — Celle que j'ai choisie et que mon cœur aima,

« Rome ne l'a point vue, hélas! mais toi, Camma,

« La connais-tu ? dis-moi. — Non, mais sa destinée

« Devra s'enorgueillir de ton noble hyménée ;

« Ta vie accomplira ses rêves généreux :

« Son époux sera brave, et ses fils valeureux.

« — Oh! dis-moi, si l'épouse en mon cœur adorée

« Vivait sous tes beaux cieux, dans ta douce contrée,

« Si Camma... — Moi!... jamais... jamais le fils du Franc

« Au sang de l'étranger ne mêlera son sang.

« Unir à ses enfans les fils d'une autre terre,

« Serait pour mon pays un indigne adultère.

« Celui-là seul toujours sera brave et vainqueur

« Qui n'a qu'une patrie et qu'un sang dans son cœur.

« La mienne à cette loi doit ses destins prospères.

« Vois ses fils, ils sont beaux comme étaient beaux leurs pères.

« Tu formerais ici de funestes liens.

« Les dieux de mon pays sont ennemis des tiens.

« En voyant ton front brun près de mon sein d'ivoire,

« Près de mes blonds cheveux ta chevelure noire,

« Sur le lit nuptial que la martre revêt,

« Tes vêtemens romains suspendus au chevet,

« Le génie amoureux, en effleurant ma couche,

« D'aucun sourire ami n'entr'ouvrirait sa bouche.

« Un long malheur naîtrait d'un bonheur passager;

« Tes fils seraient toujours les fils de l'étranger.

« Ta main avec ma main ne sera point unie.

« — O détestable orgueil! ingrate Germanie!

« Camma, mon sang versé pour sauver ton époux

« Était-il étranger quand il coulait pour vous?

« J'ai vengé ton veuvage, et vengé ta patrie;

« Domptant de leur valeur l'inculte barbarie,

« J'ai commandé ses fils, et des enfans du Nord

« J'ai repoussé les pas compagnons de la mort;

« Et, versé pour vous seuls, c'est mon sang qu'on dédaigne!

« Eh bien! puisqu'un Romain ne vaut pas qu'on le plaigne,

2

« Que ne me laissais-tu succombant, mais vainqueur,

« Dans la gloire et la paix mourir loin de ton cœur?

« C'est toi qui m'as sauvé, toi qui de mes blessures,

« Sous des baumes secrets, endormais les tortures;

« Tu le sais bien, Camma, c'est toi qui tous les jours

« De tes dieux ennemis implorais les secours;

« Dans mes regards éteints tes yeux cherchaient mon ame:

« Elle a reçu tes pleurs comme un torrent de flamme.

« Eh! qui t'avait, hélas! demandé ta pitié....

« Tu m'as trompé, Camma. — Si ma seule amitié,

« Si ton amour, trop prompt à s'abuser lui-même....

« — Tu m'as trompé, Camma; tu savais que je t'aime;

« Tout mon cœur dans mes yeux se révélait à toi;

« Un jour même je crus.... Tu tremblais près de moi.

« Quand la mort me fuyait; craintive et curieuse,

« Ta joie à mes côtés restait silencieuse;

« Et déjà, de ton cœur redoutant les secrets,

« Tes soins moins empressés étaient plus inquiets.

« J'ai dû voir mon bonheur dans ta crainte amoureuse,

« Car la seule amitié se vante d'être heureuse.

« Camma, tu m'as trompé. — Flavius, laisse-moi;

« Non, Flavius, Camma n'est plus digne de toi.

« Au lit d'un autre époux, trop jeune encor promise,

« Seule, après son trépas, la douleur m'est permise.

« Au sortir de l'hymen à mes bras arraché,

« A mon front virginal son front n'a point touché;

« Je ne fus point à lui, mais je l'aimai peut-être;

« Je le croyais du moins avant de te connaître.

« Mais l'hymen m'a liée, et la fille du Franc

« Ne voit pas se lever deux fois un jour si grand.

« Va, pars, mon Flavius, sur ton lointain rivage

« Souviens-toi que Camma gardera son veuvage.

« Va.... Le lin pur et blanc ne cachera mon deuil

« Que le jour où mon père ouvrira mon cercueil.

« — Tu me trompes encor. Dans la longue soirée

« J'écoute des vieillards la parole éclairée,

« Et je sais qu'à la veuve un époux triomphant....

« — La loi permet en vain ce que l'honneur défend.

« Un second hyménée!... Il y va de ma gloire :

« Nos vieillards n'en ont pas conservé la mémoire.

« —Viens, suis-moi; ce bonheur qu'on nous veut arracher,

« Loin du pays natal, Camma, viens le chercher.

« Au cœur de ton époux retrouve une patrie ;

« J'ai mon père pour toi, pour toi ma sœur chérie,

« Ma Rome mes amours, si puissante en tous lieux,

« Et ses temples amis, ouverts à tous les dieux.

« — Moi, fuir ! ô Flavius ! tu t'égares sans doute ;

« Flavius, calme-toi.... mon Flavius, écoute....

« Des Francs, jadis surpris, furent captifs un jour ;

« Ils brisèrent leurs fers, et chantaient au retour :

« Ramez, enfans, ramez vers la patrie ;

« Là, notre front reprendra son orgueil.

« Son beau soleil rit à l'ame flétrie ;

« Sa douce terre est légère au cercueil.

« Ramez, enfans, ramez vers la patrie.

« Les fils du Franc, aux accens belliqueux,

« Ont ressaisi la framée et la hache.

« Au front des bois quand la flamme s'attache,

« Son vol brûlant est moins terrible qu'eux.

« Mais par le sort leur vaillance abusée

« A dû subir le plus honteux revers ;

« A leur malheur la mort est refusée,

« Et sur leur bras pèsent d'indignes fers.

« Ramez, enfans, ramez vers la patrie ;

« Là, notre front reprendra son orgueil.

« Son beau soleil rit à l'ame flétrie ;

« Sa douce terre est légère au cercueil.

« Ramez, enfans, ramez vers la patrie.

« Ils ont souri sous les fers oppresseurs,

« Et le vainqueur leur dit sur son rivage :

« O fils des Francs, brisez votre esclavage,

« Voici pour vous nos filles et nos sœurs !

« — De vos captifs demain verra la fête,

« Ont dit les Francs ; et dès le lendemain

« De leurs vainqueurs ils brisèrent la tête

« Avec les fers qui pesaient à leur main.

« Ramez, enfans, ramez vers la patrie ;

« Là, notre front reprendra son orgueil.

« Son beau soleil rit à l'ame flétrie ;

« Sa douce terre est légère au cercueil.

« Ramez, enfans, ramez vers la patrie.

« O doux pays, qui te peut oublier

« N'aura jamais d'épouse bien-aimée !

« A son tombeau refusez la framée,

« Brisez sa hache et son vil bouclier.

« Pleurons le fils qu'une terre ennemie

« A vu mourir après un coup fatal;

« Honte à celui qui dans l'ignominie,

« Traîne ses jours loin du pays natal !

« — O Camma! je t'entends... c'en est assez... adieu!

« — Adieu! Pour nous quitter, j'avais choisi ce lieu.

« Ce fleuve, dont les flots au loin se précipitent,

« Va te conduire aux bords que tes frères habitent.

« — Oh! que ne suis-je né sous le toit d'un Germain !

« — Je pourrais être, hélas ! la fille d'un Romain !

« — Flavius fût resté ! — Camma t'aurait pu suivre !

« — Adieu, je vais mourir. — Va, j'essaîrai de vivre. »

C'était un soir d'été, quand le feu des saisons

Inonde les guérets de flottantes moissons,

Et quelques jours plus tard, quand la feuille du chêne

Échappé jaune et sèche au rameau qui l'enchaîne,

Près du fleuve écumant, c'était encore un soir,

Pour la seconde fois, la vierge vint s'asseoir;

Et, le suivant des yeux, dans sa course légère,

De son front détacha le voile funéraire,

Puis, le jetant aux flots, murmura tristement :

« O de mon deuil d'un jour passager ornement,

« Va le trouver; dis-lui que, malgré sa promesse,

« Camma n'a pu, sans lui, vivre dans sa jeunesse.

« L'espoir seul quelquefois nous apprend à souffrir;

« J'ai souffert sans espoir, et j'aime mieux mourir.

« Cependant j'ai connu ces biens que l'on envie,

« Et l'hymen et l'amour ont passé dans ma vie;

« L'un m'a laissé le deuil, et l'autre le trépas. »

Et vers le toit natal traînant alors ses pas,

S'asseyant sur la couche à l'amour refusée,

De son père elle plaint la vieillesse abusée.

« Hélas! m'as-tu long-temps attendue aujourd'hui?

« Je n'aurais à tes pas offert qu'un faible appui.

« O mon père ! dis-moi... dis... mes jeunes compagnes

« N'ont-elles pas quitté le sommet des montagnes ?

« Il faut les rassembler, car j'attends que leur main

« Vienne parer ma mort de la robe d'hymen.

« — Ma fille, pourquoi donc affliger ton vieux père ?

« Ah ! bientôt, avant toi, je mourrai, je l'espère.

« Es-tu coupable ? hélas ! Réponds, Camma, ton front

« Aurait-il devant nous à rougir d'un affront ?

« — J'aurais pu vivre, et toi pleurer ta fille absente ;

« Mais je meurs : tu vois bien que je suis innocente. »

Et sur le lit fatal à demi suspendu,

Admirant son beau front d'un regard éperdu,

Contre son désespoir son père sans défense

Lui prodigue les noms chéris dans son enfance ;

L'appelle, la supplie.... elle n'écoutait pas,

Et souriait au ciel, et murmurait tout bas :

« O mes sœurs ! approchez, mes compagnes chéries,

« Quand une ombre, le soir, fuira dans les prairies,

« Dites à vos enfans : C'est elle, c'est Camma,

« La vierge de l'hymen, que Flavius aima. »

« — Flavius!... dieu! quel nom! Oh! ton père t'en prie,

« Flavius! ce Romain vengeur de la patrie!...

« — Mon père, oh! qu'as-tu dit? pourquoi l'as-tu nommé?

« J'allais presque oublier combien j'avais aimé?

« Je m'endormais. — Ma fille! ô pénible mystère!

« Flavius! — Il était le fils d'une autre terre.

« —Eh! pourquoi donc mourir?—J'ai long-temps combattu.

« —Aimais-tu Flavius? — J'aimais mieux la vertu! »

Et le jour n'avait pas effacé les ténèbres,

Que les filles des Francs disaient des chants funèbres;

Et l'enfant, sur le seuil, s'arrêtait en tremblant;

Et la vierge dormait sous le lin pur et blanc.

Berthe,

ou

La Fille du Châtelain.

A

Mon Père.

3

BERTHE,

ou

LA FILLE DU CHATELAIN.

D<small>ANS</small> le dur esclavage où dormaient nos ancêtres

Il fut un déshonneur que partageaient leurs maîtres.

Ainsi, dans son caprice, ou d'un regard charmé,

Trop souvent un seigneur, d'un droit honteux armé,

Aux vierges, des amours révélant le mystère,

Rendit de ses desirs leur hymen tributaire.

Des maux les plus cruels si le ciel vient frapper

L'homme qu'il créa libre, et qui vit pour ramper,

C'est pour ses lâchetés une juste souffrance.

Mais ravir une épouse à sa belle espérance,

De ses rêves d'amour brisant la douce erreur,

A leur première ivresse imposer la terreur;

Mais, au saint nom des lois, enlever à ses charmes

Ces plaisirs douloureux parfois mêlés de larmes,

Et déchirant le voile à l'hymen seul promis,

La flétrir d'un forfait qu'elle n'a pas commis,

C'est d'un vil oppresseur; car, pour un vrai courage,

La faiblesse est un droit où s'arrête l'outrage.

Mais s'il reste, au milieu de ces serfs sans valeur

Qui souffrent toute injure ainsi que tout malheur,

Un cœur dont l'énergie ait de la servitude

Su détester l'opprobre et vaincre l'habitude,

De quel courroux vengeur ne doit-il pas frémir,

Si d'un pareil affront on le force à gémir ?

Et ce fut cette loi, dont l'affreuse puissance

Au vice fit un droit de flétrir l'innocence,

Qui, frappant un vassal que sa haine égara,

Enfanta les malheurs que ma voix redira.

C'était l'heure où du soir la vapeur incertaine

Couvre d'un voile frais la campagne lointaine.

Alors un jour douteux permet aux yeux charmés

De peupler l'univers de fantômes aimés.

Comme un ami l'espoir alors parle à notre ame,

Et l'amant, dont le jour intimide la flamme,

Attend, presque assuré d'un plus tendre retour,

Le silence et la nuit, puissans comme l'amour.

Mais, hélas ! lorsqu'en nous habite la vengeance,

Aucun charme n'endort sa cruelle exigeance !

Et des maux qu'elle fait le mal le plus affreux

Est le besoin du crime en un cœur généreux .

Entre les noirs rochers qui dominaient la plaine,

Où les fleurs du Zéphyr n'embaument point l'haleine,

Un paladin superbe, et soupirant parfois,

Murmurait ces accens d'une pénible voix :

« Par quel destin jaloux est-elle retenue ?

« Déjà trois jours passés, Berthe n'est point venue !

« O vengeance promise à mon père, à ma sœur !

« Ne goûterai-je pas ton horrible douceur ?

« Quoi ! Raymon aura donc, fier d'une loi fatale,

« Outragé vainement sa plus belle vassale ?

« Ravissant à l'hymen sa première pudeur,

« L'a-t-il en vain flétri de sa brutale ardeur ?

« Et, quand de son forfait le barbare s'enivre,

« L'époux déshonoré n'osa pas y survivre ;

« La raison de mon père en perdit son flambeau,

« Et ma sœur sans vengeance est au fond du tombeau !..

« Vassal, dont la valeur, sous un nom qu'on ignore,

« Conquit les éperons que Raymon déshonore,

« Aux pieds de mon coursier je puis briser son front ;

« Mais on meurt sans douleur en mourant sans affront.

« Le glaive ouvre toujours une noble blessure.

« Berthe, par ton amour ma vengeance plus sûre

« Va de ton déshonneur lui verser le poison ;

« Et puisse-t-il alors, conservant sa raison,

« Endurer tous les maux dont un père est capable !

« Ma sœur fut malheureuse, et tu seras coupable ! »

Ainsi parlait Ulric. Sous ce nom revenu,

Dans le pays natal il restait inconnu.

Mais quand Raymon absent échappait à sa rage,

Il rêva que l'amour vengerait son outrage ;

Et déjà l'imprudent, de regrets assiégé,

Avait l'amour de Berthe, et n'était point vengé.

Mais des pas tout-à-coup ont troublé le silence,

De rochers en rochers un écuyer s'élance.

Il porte le capuce et le riche pourpoint,

Et le faucon chasseur repose sur son poing.

·Ulric à son aspect laisse éclater sa joie.

« Que fait Berthe? dit-il. — C'est elle qui m'envoie.

« — Qui peut la retenir? — C'est le chevalier noir.

« — Son père? — Enfin, Raymon a revu son manoir;

« Un envoyé de Charle aujourd'hui l'accompagne.

« Tu le connais sans doute, il était en Espagne :

« Sa bannière flottait aux champs de Roncevaux.

« L'empereur, l'appelant à de moindres travaux,

« Lui soumet les pouvoirs des barons et des comtes.

« L'Espagne a vu, dit-on, les exploits que tu comptes.

« — Il suffit. Berthe enfin.... — Dès que l'obscurité

« Aura du jour mourant effacé la clarté,

« Elle viendra vers toi. — Malgré la nuit qui tombe,

« Tu vois ce bois épais. — Oui, c'est là qu'est la tombe

« D'une vassale, hélas! trop belle, et j'aperçois

« Le chaume de son père élevé près du bois.

« — Eh bien! vers ce tombeau, près de cette demeure,

« Dis à Berthe qu'Ulric l'attend avant une heure. »

A ces mots, l'écuyer disparaît à ses yeux,

Et dans la plaine Ulric entend des chants joyeux.

Il sourit tristement, et dit en sa pensée :

« Telle fut ma jeunesse, et sa joie insensée ;

« J'avais aussi des chants, un cœur comme le sien,

« Et je crus comme lui que la vie est un bien. »

Ulric s'éloigne alors, et bientôt il découvre

Le toit de l'insensé que le chaume recouvre.

Il entr'ouvre le seuil, et l'astre de la nuit

De ses clartés sans feux inonde le réduit.

Le sommeil du vieillard s'agitait sur sa couche,

Et des mots sans raison s'échappaient de sa bouche.

Cependant une fois il murmura tout bas :

« J'avais pourtant un fils ! dieu ! ne viendra-t-il pas ?

« — Mon père, dit Ulric, il est là qui t'écoute,

« Qui ne peut consoler les tourmens qu'il te coûte.

« En perdant ta raison, tu gardes tes douleurs,

« Tu pleures sur ton fils, et ne vois point ses pleurs;

« Et pourtant je le sens, à moi-même infidèle,

« J'ai besoin de tes maux pour souffrir auprès d'elle.

« Quand j'ai promis sa honte au malheur paternel,

« J'avais cru plus facile un devoir criminel.

« L'innocence de Berthe est sa seule défense,

« Et je respecte encor la vertu qui m'offense.

« Mais, et d'elle et de moi c'en est fait aujourd'hui!

« Périsse son honneur, et ma gloire avec lui!

« Quoi! lorsque ta vieillesse au malheur est en proie,

« Raymon vient m'outrager de sa barbare joie!

« Non, qu'il pleure à son tour, et qu'apprenant ton sort

« A son opprobre enfin il doive son remord!

« D'une vaine pitié je dois briser la chaîne,

« Des baisers de l'amour j'enivrerai ma haine;

« Je jetterai la honte au front de l'oppresseur;

« Dors mon père, je cours au tombeau de ma sœur! »

Il dit; et, satisfait de son nouveau courage,

Il se hâte de fuir, et d'emporter sa rage.

Bientôt il atteignit le bois silencieux ;

Il voit Berthe ; il frémit, et, détournant les yeux,

Tremblant de regarder celle qu'il a cherchée :

« A ses plaisirs, dit-il, Berthe s'est arrachée,

« Et son cœur, par le mien faussement accusé,

« Aux pleurs d'un malheureux ne s'est plus refusé.

« — De m'accueillir ainsi perds enfin la coutume,

« Tu sais bien qu'en partant tu n'as plus d'amertume.

« En me parlant, pourquoi tes yeux sont-ils baissés ?

« Crains-tu que Berthe, hélas ! ne t'aime pas assez ?

« — Eh ! sais-tu quels tourmens te prépare ta flamme ?

« — Ulric, ta douleur seule épouvante mon ame !

« — Eh bien ! puisque tu veux prétendre à ma douleur,

« Du nom de mon épouse accepte le malheur.

« — Je le veux : quel qu'il soit, c'est un bien que j'espère ;

« Viens, ce jour parmi nous a ramené mon père ;

« Viens, sans doute à tes vœux il donnera ma main.

« — Ton père a préparé notre couche d'hymen,

« La voici; les tombeaux en frémiront eux-mêmes!

« — Je ne te comprends point !—Tu prétends que tu m'aimes!..

« — Que te dirai-je; hélas! si tu ne le sais pas?

« — Jure-le sur mon cœur. Viens!.. tu veux fuir mes pas !

« — Ulric, dieu ! laisse-moi; ta raison est absente.

« Ah! s'il me faut mourir, que je meure innocente....

« Fuis! Si de mes devoirs je faisais l'abandon,

« Tu ne m'aimerais plus, Ulric. — Je t'aime donc !...

« — A croire à ton amour je fus trop asservie,

« Pour perdre en un moment ce besoin de ma vie.

« Tu m'aimes... dis-le moi... — Grand dieu! n'entends-tu pas

« Les ombres en courroux, s'arrachant du trépas,

« Te prononcer pour moi cet horrible blasphême ?

« La pâleur de mon front te dit trop que je t'aime.

« — Je suis heureuse encore! — Et tu me vois souffrir.

« — J'ai, pour te consoler, tant d'amour à t'offrir !

« Mais, Ulric, maintenant que ma flamme insensée

« De l'amour de mon père éloigne ma pensée,

« Il serait trop cruel d'irriter ses douleurs,

« Quand j'ai moins de tendresse à donner à ses pleurs.

« Si j'étais criminelle, il en mourrait sans doute ;

« Tu me respecteras.... Réponds-moi.... — Je t'écoute...

« — Peut-être, à tes parens dès l'enfance ravi,

« Tu ne sais pas l'amour dont un fils est suivi ;

« Il semble à leur bonheur ouvrir une autre voie ;

« C'est un nouveau destin que le ciel leur envoie ;

« Et, tu sais, ce vieillard, dont ton bras si souvent

« A protégé les pas, s'il est encor vivant,

« Si, lorsqu'il a connu l'opprobre de sa fille,

« Seul il a pu rester de toute sa famille,

« C'est que de sa douleur il devint insensé.

« — Ah ! c'en est fait de toi, l'arrêt est prononcé ;

« Tu trembles dans mes bras, ma vengeance commence !

« — Ulric, je t'aime !... Eh bien ! que me veut ta démence ?

« Mon père, ah ! qu'ai-je fait ? — Invoque donc son nom...

4

« — Grâce, Ulric ! — N'es-tu pas la fille de Raymon ?

« — Et je ne puis mourir ! — Ta mort serait trop belle.

« — Mon père ! — Il le saura. — Mon père !

                 — Qui m'appelle ? »

A ce mot, qu'une voix lointaine a prononcé,

Apparaît dans le bois le vieillard insensé.

Dans le sommeil affreux où la douleur le plonge,

Les cris de Berthe, alors joints à l'erreur d'un songe,

Vers d'antiques malheurs ramenant ses esprits,

C'est lui qui répondait... il accourt, et surpris

Il voit Berthe à ses pieds; long-temps il la contemple :

« Elle pleurait, dit-il, mais c'était près du temple.

« — Ah! sauvez-moi, grand Dieu! — C'était une autre voix.

« — Il me veut outrager. — Ah ! c'est comme autrefois.

« Ma fille, dis-moi donc où le monstre se cache ! »

Et dans l'ombre du bois, où son regard s'attache,

Le vieillard aperçoit la lueur des flambeaux.

Des guerriers ont foulé la terre des tombeaux;

C'est Raymon. « — En ces lieux Berthe est-elle venue ? »

Et l'insensé frémit à cette voix connue,

Et Berthe, s'approchant : « —Mon père, me voici.

« — A cette heure, pourquoi ma fille est-elle ici? »

Du vieillard lentement la tête se relève;

Il semble avec effroi s'arracher d'un long rêve;

Du passé tout entier le souvenir a lui;

Il aperçoit Raymon : « — Le voilà, c'est bien lui;

« Raymon!—Que me veux-tu?—Tu marches sur sa tombe:

« Reste, c'est là qu'il faut que le coupable tombe ;

« Entends-tu la victime appeler l'assassin ?

« Oh ! comme ce poignard était froid sur mon sein! »

Il s'élance à ces mots , mais sa main trop débile

Refuse la vengeance à sa rage inutile;

Et Raymon , le frappant de son glaive puissant,

Épuise d'un seul coup le reste de son sang.

Ulric, dont la raison semblait être interdite,

Terrible, sur Raymon alors se précipite.

La mort juge bientôt un combat inégal ;

Le suzerain tomba sous le fer du vassal.

Ulric, dont la douleur survit à la vengeance,

Sur le corps de son père avec effroi s'élance ;

Le vieillard à ses cris lève un dernier regard,

Et, tombant dans ses bras : «Mon fils, tu viens trop tard!»

La foule à cet aspect cherche à venger son maître.

Sans obtenir la mort qu'il attendait peut-être,

Sous de nombreux liens Ulric tombe enchaîné ;

Et trouvant dès bourreaux sans être condamné,

On torture ses mains; il sourit, et leur rage

N'obtint pas un soupir de son puissant courage.

Et Raymon n'était plus, et les noirs souterrains

Qui gardent les tombeaux des seigneurs suzerains

Ont vu les saints flambeaux effacer leurs ténèbres,

Et leurs voutes frémir au bruit des chants funèbres.

Après huit jours passés, où le faste du deuil

Attendit la vengeance à côté du cercueil,

Sous les arceaux oblongs de la salle gothique,

Où pendaient les cimiers et la framée antique,

L'arc noueux des Normands, la lance des Saxons,

Et le cornet d'ivoire aux redoutables sons,

On dressa les gradins, et le trône de chêne,

Qui, noirci sous les eaux, a l'éclat de l'ébène.

Des armes de Raymon il portait les faisceaux.

Aux accens du clairon, un peuple de vassaux,

Dont l'orgueil envieux et stupide préfère

La puissance d'un maître à la gloire d'un frère,

Accourut voir punir le vassal de Raymon,

Dont la valeur sans doute est l'œuvre du démon.

Et, comme aux jours heureux des fêtes populaires,

Ils avaient dépouillé les flottans scapulaires,

Et, sous des cuirs épais, par la marche assouplis,

Leurs pieds se dérobaient de la saie aux longs plis.

On abaisse les ponts que la foule environne,

Et l'envoyé de Charle est assis près du trône.

Berthe paraît alors; son front, jadis si beau,

A déjà revêtu la pâleur du tombeau.

Ignorant de quels maux le souvenir l'oppresse,

Le peuple, pour Raymon admirant sa tendresse,

Pardonnant au tyran sous la tombe enfermé,

Craint d'accuser celui que l'on a tant aimé;

Et Berthe, dans son cœur se croyant criminelle,

De ce long désespoir que l'on respecte en elle

Se fait presque un remords, car pour d'autres douleurs

Sous le deuil de son père elle versait des pleurs.

Tout-à-coup de la foule échappe un long murmure;

C'est Ulric. Le guerrier paraît sous son armure;

Son front est sans orgueil comme sans embarras;

Et le poids de ses fers ne courbe point ses bras.

Mais l'envoyé se lève, et d'une voix puissante :

« Au nom de l'empereur qu'ici je représente,

« Avant de te punir du meurtre de Raymon,

« Je t'accuse d'avoir, en déguisant ton nom,

« Infidèle à ton maître, aux lois de la patrie,

« Dérobé les honneurs de la chevalerie. »

Mais Ulric, lui jetant un regard de dédain :

« Comte, respecte en moi les droits du paladin.

« Crois-tu que par ta voix le malheur d'être esclave

« Puisse jamais me faire un crime d'être brave ?

« Ulric des chevaliers n'a point surpris les lois ;

« Vous ignoriez mon nom, et non pas mes exploits;

« Et, lorsque de ma mort le supplice s'apprête,

« La hache des bourreaux, qui doit frapper ma tête,

« N'ira pas, m'imposant le dernier des affronts,

« Sur mes pieds désarmés briser mes éperons.

« Tu ne l'oserais pas; la seule félonie

« Voit sa mort réservée à cette ignominie.

« Et dis-moi, pour qu'ici ta justice ait son cours,

« Quel malheureux en vain implora mes secours?

« Quels sont les ennemis que je ne pus abattre?

« Et quels lieux m'ont vu fuir lorsque j'ai pu combattre?

« Tu sais bien à quel jour, et parmi quels barons,

« Ce serf tant méprisé conquit ses éperons !

    J'étais esclave aussi quand, aux champs de Pyrène,

« Roland assassiné fut trouvé sur l'arène;

« Alors plus d'un seigneur, et plus d'un chevalier,

« A son bras vainement plaça son bouclier :

« Moi seul, je pus porter, rappelant la victoire,

« Le poids de son épée, et celui de sa gloire;

« Moi seul, au bruit du cor qui fatiguait leur sein,

« Du doute de sa mort troublai son assassin;

« Et toi, qui n'osas pas en charger ton courage,

« Tu soumettrais son glaive au plus indigne outrage !

« Comte, je dois mourir, mais le fer des bourreaux

« Doit atteindre le serf sans frapper le héros.

« Si le sang du guerrier doit rougir le supplice,

« Le jugement de Dieu descendra dans la lice.

« Le crime de ma gloire eut assez de mon sang;

« Je reprends mon épée, et me fais innocent!...

Le Comte répondit, après un court silence :

« Trop long-temps dans les camps j'admirai ta vaillance,

« Pour que de te juger j'accepte ici l'emploi!...

« Mais je ne puis, hélas! enchaîner cette loi

« Qui punit le forfait dont ta gloire obscurcie...

« — C'est assez, dit Ulric, et je te remercie.

« La France de mon nom ne va point s'appauvrir,

« Ma gloire reste libre, et je saurai mourir,

« Puisqu'à la loi des serfs ta justice me laisse!...

« — Et toi, Berthe, dit-il, pardonne à ma faiblesse;

« Si j'ai, pour me sauver, fait ce dernier effort,

« C'est qu'à toi seule Ulric voulait devoir la mort.

« Mais de tous les forfaits dont ta douleur m'accable,

« Du seul meurtre d'un père ici je fus coupable;

« Pour ce seul crime, hélas! que je meure aujourd'hui;

« Berthe, venge Raymon, mais ne venge que lui. »

Elle relève alors son front mourant et pâle,

De son sein douloureux un long soupir s'exhale,

Et sa bouche en tremblant laisse à peine échapper :

« Ulric, tu dois mourir, et je dois te frapper;

« Épargne à ton trépas une pensée amère;

« Je ne t'accuse pas, et je venge mon père.

« A descendre au tombeau ce soir tu seras prêt;

« Je n'ai pas pour toi seul prononcé cet arrêt. »

Et la foule, étalant une hideuse joie,

Applaudit à ces mots qui lui donnent sa proie.

Elle fuit, se sépare, et prompte à se revoir,

Aux portes de la tour elle revint le soir.

Mais le prêtre appelé dans ces jours de justice

Ne suivit point Ulric vers le lieu du supplice;

Et, tandis que le serf va d'un pas assuré

Au sanglant échafaud sur le seuil préparé,

Le ministre de Dieu, tremblant d'âge et de crainte,

Au dernier vœu de Berthe apportait l'huile sainte.

Il en baigna son front ; et quand le chapelain,

Écartant avec soin les longs tissus de lin,

A Berthe du salut offrit le dernier gage,

Et consacra ses pieds pour l'éternel voyage,

Un coup terrible et sourd tout-à-coup retentit,

Un murmure profond bientôt lui répondit,

Et Berthe, soulevant son front pâle et débile,

Cherchant d'un œil éteint le sablier mobile,

Dit à ses serviteurs qui pleuraient à genoux :

« Oui, c'était l'heure. Adieu. Je meurs... priez pour nous.»

Marie,

ou

La Fille du Catholique.

À

Madame Sophie Gay.

MARIE,

ou

LA FILLE DU CATHOLIQUE.

Le jour allait finir, et, sous l'étroit portique
Des piliers élancés et de l'arceau gothique,
Tantôt d'un pas plus lent, tantôt d'un pas hâtif,
Un beau jeune homme errait, souriant, mais pensif.
Ses vingt printemps n'ont point bruni sur son visage
Les roses de son teint, beauté du premier âge;

Son manteau, sur ses pieds tombant sans ornement,

Cache les mille nœuds de son ajustement;

Dans son éperon d'or la molette résonne,

Et des plumes d'Alep son feutre se couronne.

Ne pouvant voir encor celle qu'il vient chercher,

Il mesure la voûte ou l'ombre du clocher,

Accuse la prière et l'horloge endormie,

Mais il attend toujours... il attend son amie.

Cependant, sous la nef, les pas retentissans

De son impatience arrêtent les accens;

Il attache ses yeux sur la porte sacrée :

Là sans doute il va voir cette belle adorée.

Entre mille beautés qui passent sous ses yeux,

Une seule a levé son regard gracieux,

Et ce regard dirait à qui saurait l'entendre :

« Oh! je le savais bien qu'il viendrait pour m'attendre.»

Et sa rougeur eût dit à tout œil clairvoyant :

« C'est elle qu'attendait ce jeune impatient. »

Et c'est Marie ; à peine à l'enfance échappée,

Déjà d'un long malheur le destin l'a frappée :

En naissant, de sa mère elle ouvrit le cercueil.

Du riche Télimon Marie est tout l'orgueil.

Cet ami jeune et beau, qui vers elle s'avance,

Du puissant duc D'Aymar a reçu la naissance ;

Dans la foi de Calvin par son père nourri,

Enfant de la Navarre, et cher à son Henri,

Armand, brave, imprudent, trop fidèle peut-être,

Jusqu'à la cour de Charle avait suivi son maître.

Marie est avec Marthe, et sa timide voix

L'invite à la lenteur qu'elle accusa parfois.

D'Aymar approche alors, et d'une voix émue :

« — Salut à vous, Marie. — Armand, je vous salue. »

Et quelques serviteurs, à ce nom bien connu,

Échangent un sourire à l'instant retenu,

Et D'Aymar : « — Que je dois bénir cette journée !

« A l'église quel soin vous a donc amenée ?

« N'espérant qu'en demain, demain septième jour,

« Pour les chrétiens sacré, sacré pour mon amour, -

« Oh ! quel fut mon bonheur, quand j'ai pu reconnaître

« Le signe accoutumé flottant à la fenêtre !

« — Un devoir bien sacré m'appelait au saint lieu ;

« Pour mon père aujourd'hui j'y venais prier Dieu.

« Ce soir nous célébrons la fête paternelle,

« Car au jour où, lavant la tache originelle,

« Dans l'onde du baptême il lui fut pardonné,

« De Saint-Barthélemi le nom lui fut donné. »

Mais Marthe l'interrompt : « — Choisis ce jour, dit-elle ;

« A ton père avouez votre ardeur mutuelle :

« Trop long-temps ma faiblesse a caché votre amour.

« — O Marthe ! ma nourrice, attends encore un jour !

« Mon frère doit ce soir venir du monastère ;

« On craint d'être indulgent devant un fils austère ;

« Sa présence à mon père inspire une rigueur,

« Sans ses conseils, peut-être inconnue à son cœur ;

« Terrible, et sans pardon, son zèle m'effarouche :

« Sa vue arrêterait mon aveu sur ma bouche.

« Attends encore un jour. » Et Marthe : — « J'y consens. »

Trop souvent attendrie à de jeunes accens,

La vieillesse devient, de souvenirs charmée,

Indulgente aux amours, pour être encore aimée.

De ce jour de secret leurs cœurs sont triomphans,

Car l'avenir d'un jour est long pour des enfans.

Ignorant dans l'amour le bonheur du silence,

Armand voudrait parler ; inquiet, il balance ;

Cherche une main qu'il trouve, et qu'il n'ose presser,

Et, surpris d'un regard qui vient l'embarrasser,

Tremble, et le mouvement de sa bouche charmante
Va seul dire : « Je t'aime » au regard d'une amante.

Marie, à son ami cachant son embarras,
Baisse son front, et lors, s'appuyant sur son bras :
« — Armand, que n'êtes-vous ce soir de notre fête !
« Las ! je n'y porterai qu'une joie imparfaite.
« Au sein de nos amis, nos festins, nos concerts,
« Sans avoir rien perdu, me paraîtront déserts ;
« Vous, alors, vous serez à la cour, embellie
« Des plus nobles beautés de France et d'Italie,
« Fières de leur grand nom, belles sous le velours
« Défendu par le prince à nos chastes atours.
« De leur perfide voix la douce flatterie
« De votre cœur peut-être effacera Marie.
« — Que vous ai-je donc fait pour m'accuser ainsi ?
« — Je suis si faible, hélas ! Je suis bien jeune aussi....
« L'amour dans un grand nom trouve souvent des charmes.

« — Pourquoi vous inventer ces frivoles alarmes ?

« Qui peut rendre infidèle un cœur de vous charmé,

« Marie ? — Eh ! savez-vous comme on peut être aimé ?

« — On l'ignore, il est vrai, je le vois par moi-même,

« Car vous ne savez pas à quel point je vous aime.

« Quand je suis loin de vous, j'apprête des discours ;

« J'ai de si doux sermens pour nos douces amours !

« Mais lorsque je vous vois, oubliant mon courage,

« Jurer de vous aimer me paraît un outrage

« Tout serment n'est-il pas inutile à l'honneur ?

« Et faut-il donc jurer qu'on aime son bonheur !

Heureuse de s'aimer, leur enfance ravie

Eût dédaigné d'offrir d'autre espoir à la vie ;

Car l'amour a gardé ses charmes tout puissans

Pour les cœurs malheureux et les cœurs innocens.

Marie a cependant aperçu sa demeure,

Et de se séparer on entend sonner l'heure.

Ils soupirent tous deux, et leur timide adieu

S'est dit, dans un regard : « A demain, au saint lieu. »

Allez, jeunes amis, vous vous verrez encore;

Mais non pas au saint lieu, mais bien avant l'aurore.

Armand s'est éloigné; d'un regard curieux,

Long-temps elle le suit; enfin, lorsqu'à ses yeux

Du panache éclatant la blancheur s'est perdue;

Elle hâte aussitôt sa marche suspendue;

Et, fuyant son ami qu'elle ne peut plus voir,

Croit peut-être à l'amour préférer son devoir.

Elle entre, et ne voit pas, sur la table dressée,

Briller des lins tissus la blancheur damassée,

Les faisans préparés sous leur plumage d'or,

Et les vins dont l'Espagne a mûri le trésor.

Le feu dort inactif au foyer solitaire.

Chacun semble cacher un sinistre mystère;

Et, comme dans un camp, pour de secrets combats,

Les serviteurs armés s'entretiennent tout bas.

Nul ne semble la voir ; alors, d'une voix douce,

Que ne peut même aigrir le soin qui la courrouce :

« Où sont donc les festins que j'avais demandés ?

« Pour la fête du soir les apprêts commandés ?

« Avez-vous oublié que ce jour si prospère,

« Serviteurs, doit fêter votre maître et mon père? »

Mais Télimon l'entend, et se montre à ses yeux ;

Le doute semble errer sur son front soucieux,

Et d'une voix qu'à peine il peut rendre tranquille :

« A flatter mes désirs ton amour est habile,

« Ma fille, je le sais ; mais ce jour si sacré

« Par des chants et des jeux serait mal célébré :

« J'espère offrir au ciel un plus pur sacrifice....

« Puissent nos saints efforts accomplir sa justice !

« Si la nuit en ces lieux ne revoit point mes pas,

« Invoque le Très-Haut, et ne t'alarme pas. »

Il dit, et l'on croirait que son ame impuissante

Redoute d'écouter une voix innocente.

Il cherche à s'éloigner ; mais errant, interdit,

S'arrête ; donne un ordre à l'instant contredit ;

Veut s'armer, et sa main souvent tremble et s'abuse.

Mais saisissant enfin le poignard, l'arquebuse,

Il s'échappe, et bientôt des serviteurs discrets

Vont rejoindre ses pas par des détours secrets.

Là, dans l'ombre naissante, à des groupes sinistres

Se mêlent des guerriers et quelques saints ministres.

Un messager, qu'entoure un regard curieux,

De momens en momens, d'un projet furieux

Vient ranimer l'espoir, et, sûre de sa proie,

La foule fait briller une féroce joie.

Marie est seule alors, et son étonnement

De ses pensers d'amour la distrait un moment.

Elle cherche à prévoir quel malheur peut l'atteindre ;

Mais dans son jeune cœur, facile à ne point craindre,

Rien ne peut alarmer, en cet instant fatal,

L'innocence inhabile à deviner le mal.

L'imprévoyance enfin, de la jeunesse amie,

Rassure dans son cœur la prudence endormie.

« Qu'importent des festins ? Armand n'y serait pas, »

Dit-elle tristement; et le bruit de ses pas

Éveille les échos des salles dépeuplées.

Elle fuit au jardin, sous ses longues allées

Rêve, et cherche long-temps l'ombre et le frais du soir,

Et ne veut plus marcher, et ne veut point s'asseoir;

Du trouble de son cœur inquiète et complice,

Rentre au lieu du repos où l'attend sa nourrice,

Et soupire en voyant sur les fauteuils dorés,

Pour la fête du soir, les atours préparés,

Puis remet lentement dans la secrète armoire

L'élégant mantelet, et la robe de moire.

« Marthe, il faut nous quitter; j'éteindrai ces flambeaux;

« Déjà tes yeux fermés appellent le repos, »

Dit-elle, et, se troublant d'une pensée amère,

Lui donne le baiser qu'aurait reçu sa mère.

Elle détache alors son vêtement léger,

Et s'il est soulevé d'un souffle passager,

Calmant rapidement ses pudiques alarmes;

A ses propres regards elle voile ses charmes,

Et les cache peut-être aux regards d'un amant,

Que sa pensée ardente avait rendu présent;

Puis sur sa couche enfin, sur un bras appuyée,

Mouille ses doigts rosés d'une larme essuyée,

Joue avec ses cheveux qu'Armand trouve si beaux,

Et, pour les admirer, regrette les flambeaux;

Dans le vague sommeil dont le pouvoir la presse,

Murmure doucement son nom avec ivresse,

Le croit voir à ses pieds, séduisant et vainqueur,

Révéler un amour dont s'enivre son cœur;

Croit sentir un baiser que sa pudeur refuse,

Et de sa douce joie étonnée et confuse,

D'une main endormie éloignant son amant,

Tous les sens agités d'un doux frémissement,

Avec un long soupir retombant sur sa couche,

S'endort comme un enfant le rire sur la bouche.

Rêve d'amour, Marie, et rêve de bonheur,

Car un si jeune amour n'a point de déshonneur.

Comme elle reposait, hâtive et monotone,

Dans les airs ébranlés une cloche résonne.

On entend se mêler au signal du béfroi,

Les ordres des guerriers, et le saint nom du roi,

Puis les pas des soldats, et le choc des armures,

La menace éclatante, et les sombres murmures,

La foudre des mousquets, et les gémissemens,

Et du peuple irrité les longs mugissemens.

Ainsi rugit des vents la fatale colère,

Et la mort suit aussi l'orage populaire.

Et cependant Marie, arrachée au sommeil,

Ose à peine écouter, et croire à son réveil :

« Marthe, Marthe, entends-tu? Mon père, ô dieu! mon père

« Est-il ici ? — Ma fille. — Est-il ici ? — J'espère....

« — Marthe, mon père enfin ? — Le protège le ciel !

« Il n'a point reparu. — Mon père !... ô coup mortel !

« Il n'est plus !... Va.... ce soin est peut-être inutile....

« Dis à nos serviteurs de parcourir la ville.

« — Ma fille, tu le sais, tous ont suivi ses pas.

« — Eh bien! j'y cours moi-même. — Eh ! tu ne le peux pas,

« Au milieu des guerriers, du tumulte et des armes... »

Et Dieu, qu'alors Marie invoqua dans ses larmes,

En livrant la victime à son vainqueur hideux,

Entendit une voix qui priait pour tous deux.

Déjà la sombre nuit, en poursuivant sa course,

Des larmes de Marie allait tarir la source,

Car notre ame, d'espoir facile à se remplir,

Ne croit plus au malheur qui tarde à s'accomplir,

Lorsqu'elle entend son nom dit d'une voix éteinte :

« —Marie ! — Ah ! de la cour on a franchi l'enceinte.

« —Marie!—On dit mon nom.—Marie!—Oh! c'est sa voix!

« Mais elle m'a fait mal pour la première fois.

« Armand.. c'est lui... descends, cours, vole, ma nourrice!

« Va... cours donc, tu veux donc attendre qu'il périsse? »

Et, seule, elle s'élance avec rapidité;

Et Marthe des flambeaux ranimait la clarté.

Marie a reparu, mais pâle, mais tremblante;

Elle soutient d'Armand la marche chancelante.

A peine il se traînait; de son front sans couleur

Le sang qui l'inondait relevait la pâleur.

« Armand... tu vas mourir...—Le ciel le veut, sans doute!

« —Tu ne mourras pas seul.—Seul, oh non! tiens... écoute.

« Un peuple tout entier sous le fer se débat.

« — Quel combat est-ce donc?—Ce n'est pas un combat.

« — Eh! que fait-on, grand Dieu? quels sont ces cris funèbres?

« — Un long assassinat marchant dans les ténèbres.

« — Des assassins, dis-tu, pour qui? — Pour mes amis.

« — Dieu! serait-ce donc là ce qu'il s'était promis?...

« Mon père, en nous quittant, tu le sais, ma nourrice,

« Il a parlé du ciel, et d'un pur sacrifice.

« — Et ce pur sacrifice était notre trépas!...

« Non, si je ne mourais, je ne le croirais pas....

« — Qui t'a donc révélé cet horrible massacre?

« — Qui? le signal affreux que ton culte consacre,

« Le beffroi qui, laissant reposer le remord,

« Éveillait seulement la victime et la mort.

« Je voulais te chercher, mais, à Bourbon fidèle,

« Je m'élance au palais où son danger m'appelle.

« Alors, Marie, alors j'ai vu de toutes parts

« Mes frères égorgés, leurs cadavres épars;

« Vos prêtres forcenés dont le zèle farouche

« Impose un Christ sanglant à leur mourante bouche;

« Et des femmes, grand Dieu! des femmes dont les cris

« Au fer des assassins désignaient les proscrits.

« Marie, à tout le sang que verse leur démence

« La Seine n'offre plus un lit assez immense,

« Et le fleuve sanglant jette à ses bords noircis

« Un festin qu'aux vautours envîra Médicis.

« Enfin jusqu'au Palais j'arrive et je découvre

« Le royal assassin que protége le Louvre.

« — Tu te trompes, Armand, sans doute ton effroi....

« — Je ne me trompe pas, l'assassin est bien roi.

« — Braverait-il l'horreur qu'un tel forfait inspire ?

« — Les tyrans pour le crime ont toujours trop d'empire!

« Le peuple aime le sang, et son maître aujourd'hui

« Prouve, en l'assassinant, qu'il est digne de lui.

« — Et toi?—Je combattais... Un poignard qui me blesse,

« A fuir loin de Henri condamne ma faiblesse.

« Fidèle à l'amitié, dont j'ignore le sort,

« Je lui donnai mon sang, je t'ai gardé ma mort.

« J'ai su la dérober à tant de barbarie !

« Mon amour m'a traîné jusqu'au seuil de Marie !

« Hélas ! je suis venu te voir, te dire adieu,

« Et mourir à tes pieds, pour pouvoir croire en Dieu.

« — Mourir ! éloigne, ô ciel ! cette funeste envie ;

« Oh ! je t'aimerai tant, si tu me dois la vie !

« — Me sauver, pour les tiens serait un crime affreux ;

« Laisse-moi ; reste au moins innocente pour eux.

« Crains d'offrir aux bourreaux encore une victime.

« —Eh ! qu'ils la prennent donc, car je ferai le crime...

Et des lins, dont le sang altère la blancheur,

Et que d'une onde pure imbibe la fraîcheur,

Allaient, sur la blessure au front d'Armand ouverte,

Du sang qui l'inondait suspendre enfin la perte,

Quand d'armes et de pas, qu'un long murmure suit,

On entend sur le seuil errer encor le bruit.

Elle frémit ; Armand ressaisit son épée.

« Ce sont des assassins... me serais-je trompée ?

« Dit-elle,.. ah ! c'est mon père... il paraît approcher...

« Il vient... il vient ici... grands Dieux ! où te cacher ?...

« Là, dans cet oratoire, au fond d'un réduit sombre,

« Armand, près de l'autel.... là, caché sous son ombre,

« Là... Marthe, ouvre à mon père, il peut entrer ici. »

Elle voit Télimon : « Et vous, mon père, aussi !

« — Va, calme-toi, ma fille, une main prompte et sûre

« A pris soin d'étancher ma légère blessure. »

Rassurée à ces mots sur un nouveau malheur,

Son ame ressaisit sa première douleur.

L'œil fixe, elle se tait ; sa frayeur insensée

Aux récits de son père arrachait sa pensée,

Quand ces mots vont troubler, d'un désespoir vainqueur,

La souffrance immobile où s'obstinait son cœur :

« Ma fille, il faut prier ; viens au saint oratoire,

« Au Très-Haut, pour ses fils, demander la victoire :

« La prière est aussi l'arme de ses enfans.

« — Prier ! les assassins sont assez triomphans ;

« Je ne veux point prier.... — Quel horrible blasphème !

« — Je ne blasphême point ! je priais ici même,

« Tantôt, là ; mais alors, ignorant ces excès,

« C'était pour vos dangers, et non pour vos succès.

« — C'en est assez ; ton crime obtiendra son salaire. »

A ces mots, d'une main qu'agite la colère,

Il l'entraîne à l'autel, et, tombant à genoux :

« — Inspire tes enfans, grand Dieu ! combats pour nous,

« Et que, du haut des cieux, ta suprême indulgence

« Sur ma fille coupable éclaire ma vengeance ! »

Il dit, et vers le sol courbe un front blanchissant,

Et, comme épeuvanté : « Marie, ici du sang !

« — Du sang !.. où donc est-il ? — Tiens, regarde la trace, »

« Tu m'as trompé, réponds ! — Mon père, grâce ! grâce !

« — Quelque traître est ici ? — Non, mon père ; ô grand Dieu !

« — Et sa présence impie outrage ce saint lieu ! »

D'Aymar, traînant alors sa marche faible et lente,

Paraît, près de l'autel, comme une ombre sanglante,

Ét Télimon : « Du ciel infidèle sujet,

« Pour qui combattais-tu ? — Pour ceux qu'on égorgeait.

« — Et tu viens sous le toit d'un serviteur de Rome !

« — Parmi tant d'assassins, j'ai cru trouver un homme !

« — Et, pour sauver tes jours, cachant ici tes pas....

« — Je t'apporte ma vie, et ne l'implore pas.

« — Armand, cria Marie, oh ! que l'amour l'obtienne !

« Va, demande ma vie en implorant la tienne !

« Ta fierté peut ici descendre à supplier ;

« Le pardon d'un vieillard ne peut humilier.

« — Ma fille, qu'as-tu dit ? tu le connais ? — Je l'aime,

« Mon père; vous deviez l'apprendre aujourd'hui même.

«—Quel est ton nom?—D'Aymar.—D'Aymar! ô ciel! qui! toi!

« Si jeune, si vaillant, si vertueux ! — C'est moi. »

Télimon est troublé; sa fille dont les larmes

Avec d'affreux sanglots révèlent les alarmes,

Ce jeune homme expirant dont la noble fierté

Réveille de son cœur la générosité,

7

Tout l'émeut, le surprend ; il soupire, et peut-être

La pitié dans son ame allait encor renaître ;

Peut-être d'un bienfait le touchant souvenir

Aurait sur tant d'horreurs appaisé l'avenir,

Et déjà, c'en est fait, l'humanité l'emporte,

Lorsqu'il a vu son fils, debout, près de la porte.

De ce tableau cruel farouche spectateur,

Un dédaigneux sourire atteste sa hauteur.

Il s'avance à pas lents ; sa puissante stature

Offre le sombre aspect d'un guerrier sous la bure ;

Sur son front, que le fer dépouilla de cheveux,

Règne l'austérité qu'il promit dans ses vœux ;

Son regard étincelle, et des plis de sa robe,

Près d'un long crucifix, un poignard se dérobe.

« Mon père, votre sang a coulé sans danger,

« Et je n'aurai du moins que Dieu seul à venger !

« Mais pourquoi s'étonner, si, pour vous peu propice,

« Le ciel a de vos mains retiré sa justice ?

« Mon père ! Dieu punit qui n'a point obéi.

« — J'obéis au Très-Haut. — Vous ! vous l'avez trahi ;

« J'en vois ici la preuve, et le toit domestique

« Est souillé de l'aspect d'un infâme hérétique.

« — Quoi ! ce débile enfant expirant à demi !

« — Ne l'es-tu pas ? réponds. — Je suis ton ennemi.

« — L'ennemi de mon Dieu ! Mon père, la victime,

« A l'heure de sa mort, vient d'avouer son crime.

« — Mon fils, jamais mon toit n'a vu de trahison.

« — Le temple du Seigneur est ma seule maison !

« Protégez le proscrit, mais que Dieu lui pardonne ;

« Ma main, en le frappant, ne trahira personne.

« — Épargne-nous, mon fils, ce spectacle cruel ;

« Obéis à ton père ! — Obéissez au ciel !

« — Dieu refuse le sang versé dans sa demeure ;

« Pourras-tu la souiller ? — Dieu demande qu'il meure.

« — C'est l'hôte de la France et celui de Valois.

« — Ma patrie est au ciel, et Rome a d'autres lois. »

Il s'approche à ces mots ; Marie échevelée

S'élance, et de ses cris la voûte est ébranlée.

« Jamais... non... non... jamais... tu n'approcheras pas ! »

Et s'attache à ses pieds, embarrasse ses pas ;

Mais lui : « Tremble, Marie ! » et sa rage pieuse

Outrage ce beau front d'une main furieuse.

D'Aymar s'écrie alors : « Vieillard, sers-moi d'appui ;

« Au devant de ses coups traîne-moi jusqu'à lui. »

Marie entend sa voix, et, des pieds qu'elle embrasse,

S'élance vers Armand, de ses deux bras l'enlace,

L'entoure, et délirante, au fer de l'assassin,

Comme un rempart mobile, offre partout son sein.

Mais au milieu des cris de leur lutte sanglante,

Télimon vainement lève une voix tremblante :

Son fils ne l'entend plus ; c'en est fait, l'inhumain,

Terrible, l'œil brûlant, le poignard à la main,

Saisit ces deux enfans.... et la fatale lame,

Qui des flambeaux sacrés réfléchissait la flamme,

Disparaît.... Le vieillard, le front pâle d'horreur,

Le cache dans ses mains tremblantes de terreur,

Entend, près de l'autel, une chûte pesante,

S'y précipite alors, et, d'une voix perçante :

« Assassin, qu'as-tu fait ? — Mon devoir d'aujourd'hui.

« —Vois...ils sont morts tous deux!—Je n'ai frappé que lui!»

Laure,

ou

La Fille de l'Émigré.

A

Monsieur Casimir Delavigne.

LAURE,

ou

LA FILLE DE L'ÉMIGRÉ.

O bords de la Mayenne, où, sous un ciel grisâtre,

S'élève de Laval le vaste amphithéâtre,

Où l'églantier fleuri, de ses piquans buissons ;

Du plaintif rossignol protége les chansons,

Où, durant ses ardeurs, la reine des étoiles (*)

Voit briller sur les prés la neige de vos toiles ;

(*) Sirius ou la Canicule.

Lieux où j'ai tant vécu, du monde retiré,

Je n'aimerai plus rien quand je vous oublirai.

Qu'à tous vos souvenirs mon ame encor renaisse !

Condamnée à la mort, c'est là que ma jeunesse,

De mon père après moi prévoyant les douleurs,

Sur mes jours qu'il aimait a versé tant de pleurs.

Là mon jeune âge, enfin vainqueur de la souffrance,

De mes amis lointains apprit l'indifférence ;

Exilé de leur cœur facile à me trahir,

Là je les ai pleurés sans pouvoir les haïr.

Quand d'une autre amitié j'eus allumé la flamme,

Là j'offris avec joie une erreur à mon ame ;

Doux pays ! car ce fut dans tes sentiers ombreux

Qu'un jour j'osai rêver qu'on pouvait être heureux !

Accords, à qui leur voix promettait quelque gloire,

Au cœur de mes amis réveillez ma mémoire.

Peut-être, sous le toit qui tous nous assembla,

Ils diront dans leurs jeux : Hélas! s'il était là !

Côteaux aux bois touffus, ô plaine bocagère,

Ne vous étonnez pas qu'une voix étrangère

Sache de vos secrets inspirer ses accords.

La muse qui redit les longs accens des cors,

Quand l'essaim de vos fils, dans une ardente chasse,

Du chevreuil ou du loup suit l'odorante trace,

Celle qui, de brouillards voilant vos plus beaux jours,

Loin des sentiers connus égare les amours ;

Cette muse du soir, amante du mystère,

M'a conté des malheurs ignorés de la terre.

C'étaient de vos enfans qui souffraient ici-bas ;

Et les yeux de vos fils ne les reverront pas.

Mais si ma voix pour eux parle avec quelques charmes,

Au récit de leurs maux ils donneront des larmes.

Aux jours où parmi nous, ivre de sang humain,

La licence marchait une hache à la main,

Et que, dans les efforts d'un peuple magnanime,

La haine des tyrans s'égarait jusqu'au crime;

Déjà, de la Vendée excitant la valeur,

D'Albemar de ses rois défendait le malheur.

Bientôt Louis, si grand en tombant de son trône,

Sur l'échafaud royal déposa la couronne,

Tandis que ses flatteurs, qui n'osaient pas mourir,

Se vantaient en fuyant d'aller le secourir.

Mais quand des Vendéens la vaillance trompée

Devant la république abaissa son épée,

Quand les forfaits du peuple eurent vengé ses rois,

Que des bourreaux trompés aux bourreaux plus adroits

Flottaient les vains faisceaux d'un pouvoir inhabile,

Et que l'échafaud seul demeurait immobile;

Ignorant que le peuple au désordre emporté
Est le seul ennemi que craint la liberté,
Du trône, dans l'exil, essayant la défense,
D'Albemar de sa fille abandonna l'enfance.

Le vieillard qui reçut Laure encore au berceau
Dédaignait un exil à l'heure du tombeau ;
Et l'espoir presque éteint de sa santé flétrie
Préférait les malheurs soufferts dans la patrie.
Mais le destin de Laure, à son cœur confié,
Ranima pour lui-même un soin presque oublié.

Bientôt, par ses combats illustrant son histoire,
La France aux nations imposa la victoire.
Mais toujours loin du but son génie emporté
Renversa son pouvoir, comme sa liberté.
Telle qu'en ses écarts une jeunesse ardente
Dissipe avec orgueil une force imprudente,

La France, armant enfin l'effroi de l'univers,

Tomba sous ses lauriers, et non sous ses revers.

Pauvre de ses soldats, perdus dans la conquête,

Elle court dans le Nord commencer sa défaite.

La vengeance des rois, la rigueur des saisons,

Les trésors des Anglais joints à nos trahisons,

Ces dangers que la France aurait vaincus naguère,

Surprirent son courage après vingt ans de guerre.

Il fallut succomber, et de ses bataillons

L'étranger en tremblant inonda nos sillons.

Dans ce temps désastreux, et, tandis que loin d'elle

D'Albemar à ses rois garde un exil fidèle,

Pleurant son père absent en son cœur attristé,

Laure, avec son printemps, atteignait sa beauté.

Nulle avec plus de grâce, avec plus de mollesse,

Ne portait d'un beau corps l'élégante noblesse;

Nulle, sur un beau front, d'un bras plus élégant,

Ne déployait l'éclat qu'avait caché son gant,

Quand sa main réparait, vers le soir d'une fête,

De ses cheveux bouclés la parure défaite.

De sa voix enivrante elle prêtait les sons

Aux cantiques sacrés, comme aux douces chansons;

Facile à s'oublier, unissait dans ses charmes

La candeur à l'esprit, et le sourire aux larmes.

Souvent d'un vain amour, en son cœur méconnu,

Elle étonnait l'aveu par son rire ingénu;

Et, des soins les plus doux, d'une amitié sincère,

Entourait le vieillard qui n'était pas son père.

Aux jours de nos malheurs, elle était près de lui,

D'un aimable entretien égayant son ennui,

Quand, un soir, des soldats qu'arme une longue lance,

Et dont l'essaim errant des bords du Don s'élance,

Avides de pillage et non pas de combats,

S.

Au château qu'elle habite adréssèrent leurs pas.

Tout-à-coup les longs cris et la cloche sonore

Révèlent le danger qu'on croyait loin encore.

L'ennemi, fier vainqueur d'un hameau désarmé,

Voit l'antique château, brise le seuil fermé,

Immole le vieillard, et Laure poursuivie

Sauve son innocence en fuyant pour sa vie.

Les soldats cependant, rêvant d'affreux plaisirs,

Ne mettaient plus qu'un pas entre elle et leurs désirs,

Quand d'un guerrier français le secours intrépide

De sa fuite aussitôt suspend l'essor rapide.

Laure n'a pas en vain espéré son appui,

Et déjà les brigands s'échappent devant lui;

Mais, sous un plomb fatal, son front se décolore,

Et de son sang Edmond baigne les pieds de Laure.

Au cri de sa douleur, accourent les soldats

Que la valeur d'Edmond commandait aux combats,

Et, sur le lit guerrier de leurs armes croisées,

Que noircit le salpêtre, et de sang arrosées,

Edmond, vers le château lentement transporté,

Y reçut tous les soins de l'hospitalité.

Laure, qu'un seul ami protégeait sur la terre,

Cachant à tous les yeux sa douleur solitaire,

Pleurait amèrement cet unique soutien,

Qui lui servait de père, et lui parlait du sien.

Et, lorsqu'elle eut porté la fervente prière

Au champ où le vieillard reposait sous la pierre,

Laure alla voir Edmond, et pria pour ses jours;

Mais bientôt à ses vœux elle unit ses secours.

Auprès du lit d'Edmond, sa douleur attentive

Écoutait s'exhaler son haleine plaintive;

Croyant que d'elle seule ils seraient bien suivis,

Elle venait toujours entendre les avis

Que donnait au souffrant le savant d'Épidaure,

Et puis secrètement l'interrogeait encore.

Laure, autrefois si douce envers les serviteurs,

Maintenant, pour Edmond, accusait leurs lenteurs;

Elle-même, à sa bouche au silence asservie

Présentait le breuvage où se répand la vie;

Et, le soir, lui jetait quelques regards amis;

Revenait, au matin, sans qu'elle l'eût promis;

Et, de toute autre peine oubliant la puissance,

Elle ne pleurait plus à sa convalescence.

Un jour qu'il était seul, Edmond, dans sa douleur,

Souleva sur son bras son front ceint de pâleur,

Et se dit tristement : « Je suis indigne d'elle....

« Que je suis malheureux que Laure soit si belle !

« Et, pourtant, si le sort voulait se désarmer !...

« Puisque je la sauvai, ne puis-je pas l'aimer ? »

Et cependant Edmond veut résister encore.

Attentif aux récits des serviteurs de Laure,

S'enivrant du plaisir de l'entendre louer,

Il crut vaincre l'amour qu'il n'osait avouer;

Et la nuit, l'imprudent, tandis qu'elle sommeille,

Se faisait dire encor le récit de la veille.

Laure savait aussi tous les exploits d'Edmond,

Qu'Edmond était fameux; que jadis, sous ce nom,

Il avait à combattre engagé son enfance,

Quand la France appelait ses fils à sa défense,

Et qu'aux jours où, d'honneurs couronnant les succès,

Napoléon de gloire enivrait les Français,

Il vit aux plus hauts rangs sa jeunesse portée,

Et du nom d'Armely sa vaillance dotée.

Elle savait aussi que ces dons précieux

N'effaçaient point l'ennui de son front soucieux;

Que jamais pour ses jours une mère en alarmes

N'avait maudit la guerre et le danger des armes;

Que jamais de sa gloire un père enorgueilli

Au retour du combat ne l'avait accueilli;

Et que nul jour d'amour ne brilla sur la voie

Où seul il s'avançait sans espoir et sans joie.

Et Laure le plaignait; mais à son cœur surpris

On révéla qu'Edmond la sauva du mépris:

Alors elle l'aima, car dans son innocence,

L'amour fut mieux compris que la reconnaissance;

Et son cœur, inhabile à juger ses secours,

Devina qu'il avait protégé leurs amours.

Cependant leurs regards se dirent le mystère

Que leurs lèvres en vain s'obstinaient à se taire;

Et, lorsque des devoirs la rigoureuse loi

Vint rappeler Edmond aux soins de son emploi,

Tous deux, sans s'être dit leurs amours mutuelles,

Se jurèrent pourtant de se rester fidèles.

Nul malheur ne devait jamais les désunir.

Comme si nos sermens enchaînaient l'avenir !

Alors, accomplissant une longue espérance,
Fidèle, d'Albemar avait revu la France ;
Et la France, rendue au pouvoir de ses rois,
Laissa fuir leur malheur une seconde fois.
Bientôt l'Europe entière arme encor pour abattre
Celui dont l'aspect seul a vaincu sans combattre ;
Et quand Napoléon, voyageur conquérant,
Va défendre l'État qu'il reprit en courant,
Le fougueux d'Albemar, que sa fille accompagne,
Dans le pays natal parcourant la campagne,
Parmi les laboureurs excités par ses dons,
De la guerre civile allume les brandons.

Aux lieux où la Mayenne étend son onde verte
De l'image des bois dont sa rive est couverte ;

Dans ces champs trop souvent privés d'un ciel d'azur,

Durant la sombre nuit, devant un chaume obscur,

Suspendant quelquefois sa course égale et lente,

Un soldat promenait sa garde vigilante.

A la clarté d'un feu que nourrit le genêt,

Près de la sentinelle, à peine on reconnaît,

Tranquilles, reposant à l'abri de sa veille,

Ses compagnons épars dont la valeur sommeille.

Plus loin, on aperçoit de sombres laboureurs,

Qui devraient de la guerre ignorer les fureurs.

La fourrure aux longs poils, à la chèvre ravie,

Défend leurs vêtemens des flots qu'elle défie.

Sous l'aile du chapeau qui se déploie en rond,

Une pourpre grossière éclate sur leur front;

Et leur bras désarmé cherche en vain sur la terre

Le fusil cannelé, présent de l'Angleterre :

Car l'Angleterre, habile à nourrir nos débats,

Sait vaincre sans combattre, en armant nos combats.

Tout-à-coup, dans la nuit, le qui-vive s'élance;

Le mot d'ordre échangé n'émeut point le silence.

Une femme paraît entre quelques soldats,

Et le chaume aussitôt se ferme sur ses pas.

Le chef qui commandait à la guerrière escorte,

George ne la suit point, et s'arrête à la porte.

A la grenade en feu qui pare son bonnet,

L'élite des guerriers en lui se reconnaît;

Et le double galon dont sa manche est dorée

Dit le rang dont il vit sa valeur honorée.

Le signe des vaillans éclate sur son cœur.

Il approche, et, jetant un sourire moqueur,

Aux laboureurs vaincus dont l'œil brille dans l'ombre:

« Vous veillez, leur dit-il d'une voix fière et sombre,

« Comme l'oiseau des nuits (*) dont vous portez le nom,

(*) On sait que le mot CHOUAN vient de CHAT-HUANT.

9

« Tandis que nos soldats dorment sur le gazon.

« Pourquoi donc, vous fiant aux remparts de vos haies,

« De la guerre civile ouvrir encor les plaies,

« Lorsque Napoléon, de l'exil élancé,

« Au trône qu'il fonda s'est déjà replacé ? »

Alors un laboureur, dont la tête blanchie

Du joug des passions devrait être affranchie :

« Rends grâce à ce tyran dont tu chéris la loi ;

« Va, son règne hideux nous a vaincus sans toi.

« Qu'a-t-il fait de nos fils dont se paraient nos fêtes ?

« Car nos plus hauts genêts ne cachaient point leurs têtes.

« Craignant que leur valeur ne reçût nos leçons,

« Chaque printemps, le monstre en a fait des moissons ;

« Et de nos généraux le plus brave, peut-être,

« Maintenant est promis aux fureurs de ton maître ;

« Et nos fils, d'Albemar, ne pourront te venger !...

« — Sa fille, mieux que toi, saura le protéger....

« Vaincu, blessé par nous, d'Albemar fut rebelle ;

« Mais on n'afflige.pas une fille si belle.....

« Elle est là sous ce chaume où j'ai guidé ses pas.

« — Et c'est là qu'est son père attendant le trépas ! »

Ils disaient ; aux lueurs qu'un feu mourant projette,

Ils ont vu briller l'or d'une double épaulette.

Au-devant de son chef bientôt George élancé

Aux ordres qu'il reçoit obéit empressé.

On entend fuir les pas de sa marche guerrière ;

Et son chef a passé le seuil de la chaumière.

Du vaillant d'Albemar c'est le jeune vainqueur,

Edmond, que du hasard la fatale rigueur

Faisait son ennemi : sa victoire hâtive

Ainsi que d'Albemar rendait Laure captive.

Le brave d'Armely, qu'un vain espoir séduit,

Aux clartés d'un flambeau qui lutte avec la nuit,

A vu son prisonnier sur sa couche grossière,

Et Laure à ses côtés livrée à la prière.

Seule près de son père, et calmant ses douleurs,

Elle lève ses yeux accoutumés aux pleurs,

Voit Edmond, et pour lui sa tête balancée

Du refus de son père avertit sa pensée.

A peine d'Albemar l'aperçoit, que soudain,

D'une voix expirante où règne le dédain :

« Jeune homme, je connais le projet qui t'amène;

« Si ma fille est à toi, tu dois rompre ma chaîne.

« Je n'avais pas pensé t'inspirer ce mépris,

« De m'offrir une vie achetée à ce prix.

« Mais, sans doute, l'hymen où ton orgueil aspire

« A tes nombreux desseins ne saura point suffire.

« Jeune homme, si mon glaive à ta valeur remis

« Doit me faire effacer d'entre vos ennemis,

« Soit qu'un cachot obscur ou qu'un bourreau m'attende,

« Je n'obéirai point au tyran qui commande.

« — Notre chef du malheur ne sait point abuser, »

Dit Edmond; « sans vouloir l'absoudre ou l'accuser,

« Ce n'est point au soutien de toute monarchie

« A maudire un guerrier vainqueur de l'anarchie;

« Et je m'étonnerais si ma fidélité

« Du fidèle Albemar offensait la fierté :

« Sans doute il méconnaît l'intérêt qu'il m'inspire.

« — Ton intérêt s'attache au succès de l'Empire,

« Le mien est dans sa chute; et jamais le bonheur

« Ne peut suivre un lien que repousse l'honneur. »

Laure, essuyant les pleurs qui couvraient son visage

Se rappelant les vœux de ce vieillard si sage

Dont la noble amitié la reçut autrefois,

Crut pouvoir élever une timide voix :

« Mon père, l'espérance, hélas ! m'est donc ravie !..

« Pardonnez à celui qui me sauva la vie,

« Si, séduit d'un pouvoir de splendeur revêtu,

9.

« Il a cru que la gloire était une vertu.

« Maintenant éloignés des lieux où la victoire

« Du trône des Français va décerner la gloire,

« Dans l'amour de la France unissez-vous tous deux ;

« Et laissant au succès d'un combat hasardeux

« A donner aujourd'hui la palme souveraine ;

« Demandez au vainqueur la liberté pour reine.

« — Ma fille, je voulais t'épargner le regret

« De voir rougir celui que ton cœur adorait ;

« Eh bien ! demande-lui, dans vos liens prospères,

« Quel nom doit remplacer le saint nom de tes pères.

« — Le brave d'Armely, mon père, est trop connu...

« — Je ne méprise point ce nom d'un parvenu,

« Quoiqu'il soit un de ceux prodigués aux esclaves,

« Que leur maître content a payés d'être braves.

« Mais, puisque pour lui-même il l'a tant redouté,

« Demande-lui le nom que son père a porté. »

A ces mots, qu'accompagne une insultante joie,

A de vagues terreurs Laure se sent en proie ;

Et son regard timide interrogeant Edmond,

Comme l'aveu d'un crime il prononça son nom.

A peine il l'avait dit d'une voix presque éteinte,

Laure d'un cri perçant fit retentir l'enceinte.

Entre les noms fameux aux jours de nos excès

Aucun ne rappelait tant de maux aux Français.

L'erreur, la vanité, la crainte du supplice,

A l'échafaud souvent ont fait plus d'un complice.

Mais celui dont le nom fut alors prononcé,

De ses concitoyens proscripteur insensé,

Dans l'ivresse du sang puisant sa barbarie,

De ses plus nobles fils décima la patrie.

Mais Laure, s'accusant d'une vaine terreur,

Veut effacer l'affront de sa subite horreur,

Et tourne vers Edmond son visage où la crainte

Dans sa pâleur mortelle était encore empreinte ;

Mais en vain ses regards implorent son pardon ;

Edmond de son estime avait vu l'abandon :

Il avait du mépris épuisé l'amertume ;

Et son cœur du malheur a repris la coutume.

Tout-à-coup on entend la chaumière s'ouvrir :

Et George à leurs regards aussitôt vient s'offrir.

Un morne effroi se peint sur son mâle visage,

Et, tremblant, à son chef il remet un message.

Le malheureux Edmond, fidèle à son devoir,

Reconnaît l'aigle empreinte et le sceau du pouvoir ;

Il lit : des mots confus s'échappent de sa bouche ;

Son front pâle décèle un désespoir farouche,

Et l'on voit dans ses yeux qu'un plus vaste malheur

Étouffe en ce moment sa première douleur.

Attachant sur Edmond une vue attentive,

Le vieux soldat alors lève sa voix craintive :

« Faut-il croire à ce bruit parmi nous répandu ?

« On dit qu'à Mont-Saint-Jean...—Ami, tout est perdu !

« — Et ceux dont l'aspect seul eût forcé la victoire,

« Ils étaient donc absens ?— Ils y comblaient leur gloire.

« —Quoi ! mes vieux compagnons, l'honneur de mon pays,

« Ils ont été vaincus ! — Ils ont été trahis....

« — Quoi ! tous morts ! —Quelques-uns restent à la patrie.

« — Malheureux ! ils ont donc vu leur aigle flétrie ! »

Et ce puissant courage à ces mots succomba,

Et de ses yeux baissés une larme tomba.

Il sort, et d'Albemar, oubliant sa souffrance,

Cherche dans nos malheurs une affreuse espérance.

Comme un vase brûlant sur le foyer placé

Se brise en recevant un flot prompt et glacé,

L'ame de d'Albemar, à ses douleurs en proie,

Ne reçut point en vain cette fatale joie.

La chaîne de ses jours se brisa dans son cœur ;

Et, jetant dans ces mots sa dernière vigueur :

« Mon Dieu, s'écria-t-il, ta justice se lève !

« A ce peuple rebelle elle arrache son glaive !

« Et les rois, appelés au bonheur des états,

« Vont enfin le punir de tous ses attentats ! »

Il dit, et rassemblant la force qui lui reste :

« Ma fille, confiant dans la bonté céleste,

« Mon cœur d'un doute affreux est encore oppressé ;

« Laure, toi dont je crains que l'amour insensé

« D'un trop long abandon ici ne me punisse,

« Veux-tu qu'avant sa mort ton père te bénisse ? »

A ces mots, près du lit, Laure tombe à genoux ;

Edmond lui-même alors, oubliant son courroux ;

Surpris de ce trépas dont l'effroi le domine,

A découvert son front que le respect incline.

« Laure, dit le vieillard, ma fille, jure-moi

« Que jamais de l'hymen la sainte et douce loi

« Ne verra s'allier, sous un roi légitime,

« Le sang du proscripteur au sang de la victime.

« Laure, puis-je expirer sûr de ton avenir?

« Laure, obéiras-tu ? — Vous pouvez me bénir. »

Et la main d'Albemar sur sa fille se lève;

Il dit le mot sacré; mais à peine il l'achève

Que Laure, qui penchait sur le lit de douleur

Son front déjà couvert d'une horrible pâleur,

Sentit un froid soudain sur sa tête baissée :

De son père expiré c'était la main glacée !...

Le désespoir de Laure éclatait en sanglots,

Quand la rage d'Edmond fit entendre ces mots :

« Tu pleures, et ton père occupe seul ton ame !

« Donne-moi ces sanglots que mon amour réclame....

« Ah! quand de m'oublier on t'impose la loi,

« Laure, dis que tes pleurs ne coulent que sur moi.

« — Parmi tous les malheurs dont le destin me frappe ; »

Reprit Laure, « à tes maux penses-tu que j'échappe ?

« Mais du moins laisse aux morts ces regrets superflus....

« — Quoi ! tu le plains encor, lui qui ne souffre plus !

« Ah ! j'avais dans tes yeux trop bien appris la joie,

« Pour subir les tourmens dont tu me fais la proie ;

« Rends-moi plutôt les maux qu'autrefois j'ai soufferts...

« Mon désespoir s'accroît du bonheur que je perds.

« Non, jamais... ton amour ne peut m'être ravie ;

« Mes rêves d'avenir t'enchaînent à ma vie :

« Non, Laure, tant d'espoir ne sera point déçu.

« — Edmond, songe au serment que mon père a reçu.

« — Un serment !... et ta foi, l'as-tu donc oubliée ?

« — Jamais Laure à ton sort ne peut être liée.

« — Viens donc... viens... sur le corps de ton père expiré,

« Viens, puisque c'est pour toi le seul autel sacré

« Où tu fais des sermens qui te trouvent fidèle,

« Que Laure, si constante à me séparer d'elle,

« Sur la couche des morts me jure que jamais

« Nul n'obtiendra l'amour de celle que j'aimais.

« Puisque enfin à l'exil ma vie est condamnée,

« A mon malheur du moins, Laure, reste enchaînée !

« Quand un monde oppresseur me rejette aujourd'hui,

« Je croirai t'obtenir en t'arrachant à lui....

« Laure, toi que mon cœur avait trop bien choisie,

« En brisant mon amour éteins ma jalousie;

« Dis.... — Celle qui t'aima n'aura jamais d'époux.

« — Va, pleure maintenant, je ne suis plus jaloux.

« Pleure.... à ton souvenir ma vengeance te laisse.

« J'ai trop su, dans mon cœur qu'indigne ma faiblesse,

« Forcer, pour un mourant, mon courroux à fléchir;

« Mais ce front que ton père a cru faire rougir,

« Porte assez de lauriers, pour dérober la honte

« D'un nom taché d'un sang dont je ne dois point compte!

« Tu l'oublîras ce nom, et dans ton vain regret,

« Tu te souviendras mieux qu'Armely t'adorait ! »

A ces mots, il s'enfuit, et Laure, solitaire,
Tombe, et de pleurs amers elle abreuve la terre.

Déjà c'en était fait, les destins éclatans
Dont l'univers armé trembla pendant trente ans
Étaient tous accomplis, et la France éperdue
A sa vieille hauteur était redescendue.
Et maintenant, celui dont le génie ardent
Eût peut-être aux Anglais arraché le trident,
Celui qui vit les rois qu'il combattait naguères
Des fêtes de sa cour les spectateurs vulgaires,
Promis aux vents mortels des chaleurs du Lion,
Va, sur l'exil flottant du vaisseau d'Albion,
A l'immuable exil du roc de Sainte-Hélène,
Attendre le trépas que souffle leur haleine.
Pour supporter la vie il fallut le héros !
Il fallut des Anglais pour être ses bourreaux !
Et là, trouvant des mers l'invincible barrière,

Cet aigle de la gloire atteint dans sa carrière,

Du vulgaire à son tour apprenant le chemin,

Est mort pour accomplir quelque chose d'humain !

Mais la France avait vu sur les bords de la Loire

Disperser le faisceau des débris de sa gloire.

Depuis ce temps Edmond, loin de ses vieux drapeaux,

Traînait ses jours perdus dans un morne repos;

Quand de la liberté la guerre vengeresse

Appela son courage aux rives de la Grèce.

Et Laure cependant, aux campagnes d'Évron (*),

Sous les voiles sacrés humiliant son front,

Cherchant l'asile obscur d'une pieuse enceinte,

Voulait fuir son amour dans une amour plus sainte.

Mais les nobles transports dus à la liberté,

(*) Petite ville de la Mayenne où se trouve la Maison Centrale des Sœurs de Charité.

Et l'amour de Dieu même et de l'humanité,

Ne suffit point, hélas! à consoler leur ame;

Qu'un amour plus puissant embrâsa de sa flamme.

Alors, dans leur espoir, leur douleur s'entendit;

Edmond chercha la mort et Laure l'attendit.

FIN DE LA PREMIÈRE PARTIE.

SECONDE PARTIE.

CHANTS

ÉLÉGIAQUES.

Gilbert.

GILBERT.

Sous de longs voiles noirs veillant à ses côtés,

Du malade écoutant les soupirs répétés,

Une femme, et leur voix connaît l'art qui console,

Au jeune homme mourant adressa la parole.

— Qui donc es-tu? dit-elle; et dans ces lieux de deuil,

Où de nos soins pieux s'offense ton orgueil,

Qui t'a donc amené? Trop souvent la misère

Nous fait rougir ici des cris qu'elle profère;

Mais ta misère est noble, et tes accens sont purs.

— Je devais donc ainsi mourir entre ces murs,

Sur le lit dégradant de la pitié publique!

O ma sœur! car le vœu de ta vie angélique

A tous les malheureux permet ce nom sacré,

Tu pleures!... par quelqu'un Gilbert sera pleuré!

— S'il faut qu'à tes tourmens ta jeunesse succombe,

Sans doute bien des pleurs couleront sur ta tombe :

La pitié n'est jamais absente du malheur.

— La pitié ne s'apprend qu'au sein de la douleur.

Les heureux sont cruels, ils ont maudit ma vie:

Toute gloire naissante enfante quelque envie.

N'as-tu donc pas frémi quand je me suis nommé?

— Au vain bruit des grands noms notre asile est fermé.

Connaissant les humains par leurs seules souffrances,

Les consoler, voilà toutes nos espérances;

Heureuses si nos cœurs pouvaient, dans leur repos,

Ainsi qu'on nous oublie, oublier tous leurs maux !

— L'oubli ! ce n'est donc pas le malheur et la honte ?

Des jours si peu nombreux que le destin nous compte,

Tous les jours oubliés ne sont donc pas perdus !

Il est des biens cachés, et d'obscures vertus.

O jours d'obscurité, que je croyais sans charmes,

Vos plaisirs dédaignés m'ont coûté bien des larmes !

Comme je m'abusais !... Si du bord du cercueil

Je rentrais dans la vie et retournais au seuil,

Je ne chercherais pas la vaine renommée.

O campagne riante, et de roses semée ;

O rêves d'avenir, et d'avenir heureux ;

Que je fis tant de fois sur ces bords amoureux

Où la Saône, de fleurs et de bois couronnée,

S'avance doucement à son riche hyménée ;

Où le Rhône, vainqueur de son mol abandon,

S'enrichit de ses flots, et lui ravit son nom :

Comme une belle heureuse, et qu'amour environne,

Marchant modestement sous sa blanche couronne,

Au temple où son époux l'obtiendra pour toujours,

Va perdre aussi son nom, et lui donner ses jours.

Oh ! qu'alors les pensers de mon ame innocente

Étaient doux et sereins ! De la douleur absente

Les tourmens me semblaient une vaine terreur ;

Mais je souffre, et du moins j'ai perdu toute erreur.

Un espoir imposteur de tous nos maux complice

Ne pourra pas long-temps m'attacher au supplice.

Je meurs.... et le malheur m'a dit la vérité.

— Eh ! pourquoi fuyais-tu ces jours d'obscurité ?

Pourquoi d'une autre vie essayer la promesse ?

— L'illusion riante égare la jeunesse.

Ma sœur, si tu savais de quel attrait vainqueur

A sa trace la gloire attache un jeune cœur,

Quand, le front couronné d'une flamme légère,

Elle fuit devant nous riante et mensongère !

D'une beauté facile un sourire apprêté

N'a pas plus de mollesse et plus de volupté.

Elle fuit, elle invite, et s'arrête, et folâtre,

Et jeune on la poursuit, et jeune on l'idolâtre.

Que mon sort dans ses bras dut être glorieux !

Je me voyais déjà, poète harmonieux,

Aux accords immortels de ma lyre inspirée,

Attachant tous les cœurs de ma riche contrée.

Ma jeunesse, vouée à l'étude, au bonheur,

A mon nom préparait un éternel honneur.

Peut-être les amours, égarés sur ma couche,

A leurs chants séducteurs auraient instruit ma bouche.

Je ne devais jamais, sur un front attristé,

Traîner dans ma vieillesse une ame sans gaîté.

Pour un front couronné l'âge n'a point d'injure :

César sous ses lauriers plaisait sans chevelure ;

Et puis, sans voir mon nom dans la mort arrêté,

Je passais de la vie à l'immortalité.

Insensé ! je le crus ! Ma sœur, ce fut mon rêve....

Mais ce n'est pas ainsi que tout grand nom s'élève !

La gloire, cet espoir dès frivoles humains,

N'a qu'un temple entouré des plus honteux chemins.

Ce fantôme imposteur, auquel l'homme se voue,

La tête dans les cieux, a les pieds dans la boue;

Et, chez les favoris de sa divinité,

Toute grandeur s'obtient par une lâcheté.

Ainsi lorsque, du ciel sa puissance exilée,

Un aigle tombe au fond d'une obscure vallée,

S'il veut tenter les airs et la route des cieux,

Montrer à l'œil du jour son œil audacieux,

Fatigant vainement son inutile serre,

De son aile, à grand bruit, il frappe en vain la terre;

Il faut que pas à pas gravissant un côteau,

Il offre un air plus large à son essor nouveau.

Tel, perdu dans la foule, un enfant de la lyre,

S'il veut d'un vol sublime élever son délire,

Il faut que, chantre obscur et famélique auteur,

Il gagne bassement sa première hauteur.

Ah! qu'il s'approche ainsi du temple de mémoire....

J'ai cru qu'un peu d'honneur valait beaucoup de gloire;

Et, fidèle au seul bien que j'eusse à conserver,

Je n'ai pas su ramper, et n'ai pu m'élever.

Comme ils ont abusé ma jeune confiance,

Ces sophistes armés d'une affreuse science!

Ignorant de quel fard le vice est revêtu,

Je croyais vertueux qui parlait de vertu.

Ils voulaient, disaient-ils, dans leur pieuse guerre,

Des préjugés vaincus purger enfin la terre;

Au sacerdoce allier d'un prêtre respecté

Opposer le respect de la Divinité.

Ils voulaient, aux puissans enseignant la justice,

Plier au joug des lois l'orgueil de leur caprice;

Aux peuples ils voulaient dire la liberté,

Et donner aux humains un peu d'humanité.

Je les croyais, ma sœur, et ma jeune ignorance

Souriait au succès de leur vaste espérance.

Mon cœur, à la vertu par leur voix exalté,

Ne crut pas qu'on trompait avec la vérité.

Ayant trop de vertu pour être sans génie,

Je voulus, à leur voix, que ma voix fût unie :

Je leur offris ma lyre ; et crus que leur orgueil

A mes efforts du moins devait un noble accueil.

Alors je les connus ; alors l'hypocrisie,

Belle sous l'éloquence et sous la poésie,

Sans masque, à mes regards, dévoila son horreur ;

Et pour moi le talent s'enfuit avec l'erreur.

Je brisai dans mes mains mon impuissante lyre,

Et j'armai mon courroux du fouet de la satire.

Ma vertu n'obtint pas leur superbe pitié,

Et je dus mon génie à leur inimitié :

Devant ces orgueilleux je relevai ma tête ;

De leur vaine grandeur je mesurai le faîte.

Alors ma sœur, alors on les a vus tremblans

Sous le fouet irrité de mes écrits sanglans ;

On les a vus, ma sœur, ces juges de la terre,

Ces despotes altiers du monde littéraire,

Dans le vice surpris, sous un nom fastueux,

Pâlir aux chants amers d'un courroux vertueux;

Et défenseurs d'un Dieu que leur ame renie,

Devant la vérité fuir dans la calomnie.

Ses armes à la main lors ils m'ont combattu :

Adroite à m'en frapper, leur habile vertu,

Respectant quelques vers promis à la mémoire,

M'attaqua dans ma vie, et non pas dans ma gloire.

Ils m'ont dit : Reste pauvre, et tombe humilié.

Ils m'ont dit : Que ton nom ne soit pas oublié,

Car la mort n'éteint pas le fiel de la vipère.

Ils m'ont dit : Souffre et meurs. Je mourrai, je l'espère!

— Il est coupable, ami, ce souhait de mourir,

Et ta jeunesse encore a droit à l'avenir.

— Non, non, je dois mourir, ma raison presque éteinte

N'a pu survivre aux maux dont mon ame est atteinte.

Naguère ici ma muse en pleurant sur mon sort

Par ma bouche expirante a dit mon chant de mort.

Depuis lors vainement je la cherche à toute heure;

J'ai perdu mon génie, il faut bien que je meure....

Adieu, ma sœur, adieu! Sans amis, sans parens,

Qu'obtiendra mon cercueil des yeux indifférens?...

Que dis-je? mon cercueil.... dans la tombe commune,

Où la pitié publique entasse l'infortune,

J'irai sans appareil; j'irai sans un linceul....

Soit.... dans la tombe au moins je ne serai pas seul!

Quel bienfait que la mort! comme la mort est belle!...

Seule, au cri du malheur elle n'est point rebelle;

Seule, elle n'a jamais trahi l'humanité.....

O ma sœur! si la mort était la vérité!...

— La seule vérité, c'est la bonté céleste.

Dans l'oubli des humains, elle seule nous reste;

Et l'espoir que jadis j'apportai dans ce lieu,

N'a pas été trompé, car je n'ai cru qu'en Dieu!

Ami, tourne vers lui ta dernière pensée ;

Confie à sa bonté ta douleur délaissée :

Il aime les souffrans, mon fils ; il a souffert....

— O mon Dieu ! me voici. Mon Dieu ! pourquoi Gilbert,

Pour aller jusqu'à toi, doit-il souffrir encore ?

Calme... calme du moins le feu qui me dévore ?

Je puis douter de toi ! — Dieu ! silence....

Elle dit,

Et, sur ses deux genoux, tombant auprès du lit,

Appuyant dans ses mains sa tête sur la couche,

La prière fervente échappe de sa bouche.

Mais Gilbert, soulevant ses yeux appesantis,

Cherchant en vain déjà ses sens anéantis,

Vers le ciel éleva sa mourante paupière,

Et laissa s'échapper une larme dernière.

Sur son visage froid, froide elle descendit ;

Sur sa bouche glacée elle se répandit ;

Et comme de ses jours souffrir fut la coutume,

Lui porta de la vie un reste d'amertume.

Gilbert en tressaillit, lentement soupira,

Souffrit encore un peu, puis enfin.... expira.

André Chénier.

A

Mademoiselle Delphine Gay.

Oh! que j'aime ta voix facile et cadencée,
Naïve à révéler tes songes grâcieux !
Combien, en t'écoutant, j'aime à voir ta pensée
Sourire sur ta bouche et pleurer dans tes yeux !

Raconte de la tour la merveilleuse histoire,
Et je veux être enfant, et je promets d'y croire ;
Apprends-nous les tourmens de ce cœur pardonné,

12

Et pour de saints remords Joseph abandonné ;
Conduis-moi sur ces bords ; où les sœurs de Camille
D'une fièvre mortelle ont bravé les accès,
Quand souvent un enfant, l'espoir de sa famille,
Mourait loin de sa mère, à côté d'un Français ;
Redis les pleurs d'Elvire, et sa noce fatale ;
Les regrets ignorans de la jeune vestale,
Que l'hymen d'un vainqueur vient ravir aux autels ;
Dis tes rêves si doux, et ta beauté chérie :
Je t'attends... je t'écoute. Oh ! chante, je t'en prie ;
    J'aime les chants des immortels !

Je veux le demander, le savoir de ta mère ;
Es-tu des cieux amis quelque esprit éphémère
    Parmi nous arrêté ?
Ou, comme le Sauveur, sur la terre où nous sommes,
Envoyé du Très-Haut, errait parmi les hommes
    Pour révéler sa majesté,
Dis-moi, le dieu des vers ne t'a-t-il point choisie
    Pour nous dire la poésie,
    Comme Jésus disait la vérité ?
Mais, tandis que, suivant un moderne délire,

Ou d'un génie éteint les antiques leçons,
Nos chantres désunis, de la harpe ou la lyre,
Dédaignent tour-à-tour et consacrent les sons;
De tes chants inspirés tu fais jaillir l'audace
Avec des flots brillans d'harmonie et de grâce.

Deux muses vainement guident l'essor humain :
Ton poétique vol s'ouvre un nouveau chemin.
Déjà des sommités de leur gloire rivale
Ta jeune renommée a comblé l'intervalle ;
Et tu marches leur reine en leur donnant la main.

Mais lorsqu'à tes accords mon ame suspendue
Écoute tes hymnes sacrés,
Je crois entendre encor par ta voix épurés
Les accens d'une voix perdue !

Oui, lorsque André chantait, ce cygne harmonieux
Parmi nous a paru tel qu'un enfant des cieux,
Et son passage, hélas ! est resté sur la terre,
Comme un mot révélé sur un divin mystère.

Toi, qui de ses accords as seule la douceur;

Toi, que sa jeune muse aurait nommé sa sœur,
Lorsqu'il renaît en toi, quand tu dois nous apprendre
Le secret de ses chants qui dort avec sa cendre,
Accepte pour André l'hommage de mes pleurs.

O toi ! dont le génie éclaire l'innocence,
Qui des vers de Chénier as conçu la puissance,
   Tu dois comprendre mes douleurs.

ANDRÉ CHÉNIER.

O mes amis, venez, la fête sera belle !

Aux voluptés du jour l'aurore vous appelle,

Venez ! déjà les cieux, de roses-couronnés,

Promettent un jour pur ; ô mes amis, venez !

   Ainsi, dans son aurore, ivre de sa jeunesse,

L'homme croit saluer la riante promesse

De quelques jours de gloire enfans de l'avenir !

Promesse que le soir ne verra point tenir....

Le sort donne, et se rit des espérances vaines;

Le Zéphyr peut cacher de fatales haleines,

L'azur des cieux se voile, et l'homme détrompé

Avant la fin du jour par la mort est frappé.

Oh! quel grand avenir, quelle riche espérance,

Le fer des échafauds retrancha de la France,

Quand régnaient les bourreaux, quand la patrie en deuil,

Combattant et pleurant, croissait sur un cercueil!

Hélas! d'un joug brisé la trop longue habitude

Laisse toujours les fronts prêts à la servitude.

Quand les rois trop long-temps règnent par les bourreaux,

Les bourreaux se font rois! l'homme en fait des héros!

Tel le Français, brisant l'antique monarchie,

Tend ses bras coutumiers aux fers de l'anarchie;

Et sa tête, que libre il doit porter si haut,

Passe du joug du sceptre au joug de l'échafaud.

C'était alors, c'était dans ce temps d'épouvante,

Entre les flots émus d'une foule mouvante

Qui prodigue aujourd'hui son injure aux proscrits,

Et, peut-être demain, suivra des mêmes cris

Des proscripteurs tombés la marche désarmée,

Qu'un char, sombre, et passant à l'heure accoutumée,

Portait à l'échafaud, espoir de l'innocent,

Le tribut journalier de larmes et de sang.

Et jamais plus beau jour, des demeures célestes,

N'épancha plus d'éclat sur ces apprêts funestes !

L'aurore, dans les airs s'effaçant doucement,

Dépouillait par degré son riche vêtement :

Par un soleil de feu ses larmes dévorées

N'élevaient plus au ciel leurs vapeurs empourprées;

Le jour étincelait, et l'horizon lointain

Découronnait son front des roses du matin.

Un mois brûlant s'ouvrait, et son nom poétique

Enfant d'un nouveau règne et du langage antique,

Aux mortels accablés promet les jeux du bain.

Alors d'un flot plus doux ils inondent leur sein :

Temps des regards furtifs , quand les vierges timides

Vont confier leurs pieds à ses baisers humides.

La nature parée , en ces pompeux momens,

Revêt de la beauté tous les enchantemens;

Son aspect seul suffit à notre ame ravie :

C'était un jour brûlant de chaleur et de vie !

Et ce jour, un jeune homme, un jeune homme ! à la mort

Marchait, en souriant, sans faste , sans effort;

D'une jeunesse riche en heureuses prémices,

Sans retourner la tête , il fuyait les délices !

André ! quoi ! tu portais sans trouble, sans chagrin,

Au fer des échafauds un front jeune et serein !

Aux baisers de Fanny ta bouche accoutumée,

Sans murmurer son nom, serait-elle fermée ?

Tes yeux, par les amours de tant de pleurs baignés,

N'en trouveront-ils pas pour tes jours dédaignés ?

Ta main, jadis errante ainsi que ton délire,

Du sein de ton amante aux cordes de ta lyre,

Te soutient sans trembler à l'heure de périr !...

Quoi ! tu savais aimer, et tu sauras mourir !...

Oh ! pleurons, mes amis, cette ame généreuse!

Il a vu la patrie ingrate, malheureuse ;

Il s'est dit : « Eh ! que faire à présent de mes jours ?

« Quel laurier désormais peut ombrager leur cours ?

« Saurais-je de l'oubli supporter la souffrance ?

« Eh ! que dirais-je encor aux enfans de la France ?

« Inspiré par mes maux, muet pour ses malheurs,

« Irai-je de mes jours lui conter les douleurs ?

« Oserais-je mêler une voix importune

« Aux cris de désespoir de sa grande infortune ?

« Ah ! lorsque l'avenir me voile son salut,

« Comme mon cœur brisé que se brise mon luth....

« Je ne veux pas chanter ; ma voix serait amère.

« Mourons plutôt, mourons sans maudire ma mère ;

« Sans que l'enchantement de l'âge des amours

« De ses douces erreurs déflore mes vieux jours ;

« Sans que le doux bandeau dont il voile ma vue

« Tombe, et me laisse voir une vie inconnue.

« On dit que la vieillesse a des secrets affreux,

« Et que, lorsqu'on meurt jeune, alors on meurt heureux...

« Oui, mourons ! En ces jours de détestable ivresse,

« Qui de tant de vertus égarent la sagesse,

« Il le faut.... Eh ! qui sait, parmi tant de trépas,

« Si quelque sang versé ne me souillerait pas ?

« Si pour moi l'avenir n'aurait pas quelque injure ?

« Portons au sacrifice une victime pure :

« Que nul sang que le mien ne coule sur mon front ;

« De ma seule vertu qu'on me fasse un affront.

« Je ne saurais plus vivre, et, durant la tempête,

« Comme un roseau mobile, au vent plier ma tête.

« Voici la nef propice, elle me mène au port;

« C'est le char de triomphe ! il conduit à la mort! »

Et sur le char fatal la victime placée

S'asseyait sans regret, seule avec sa pensée...

Seul il croyait mourir; mais des vastes prisons

S'élance près de lui le chantre des Saisons;

Oubliant que tous deux l'échafaud les appelle :

« Oui, puisque je retrouve un ami si fidèle, »

Dit Chénier, et ce chant d'un enfant d'Apollon

Accompagna leur marche, et fut encor trop long.

Comme les fils du Christ, martyrs des dieux antiques,

Dans le cirque fatal disaient les saints cantiques,

André pour son ami, dans ses adieux touchans,

De son maître divin répète aussi les chants,

Et, tout plein de ces dieux qu'adorait son génie,
Il lui parle d'amour, de gloire et d'harmonie!

Oh! qui t'avait donné cette ame et cette voix?...
Je sais bien les accens du chantre de nos bois,
Et de ses chants pressés l'inimitable empire;
Mais c'est plus mollement que le cygne soupire.
N'en serais-tu pas un? car ta voix m'a frappé
Comme un écho lointain des vallons de Tempé.
Oui, c'est sous d'autres cieux, c'est sous d'autres bocages,
Que tes yeux s'enivraient de lumière et d'ombrages.
Dans l'air, où tu puisas la vie et ses douleurs,
Sous un ciel azuré court le parfum des fleurs.
Les restes désunis de ta lyre brisée,
Ont emprunté leur forme aux lyres du Musée.
Comme d'un marbre antique un débris respecté
Découvre à l'œil du peintre une divinité,
De tes chants commencés le parfum et la grâce

A dit son origine et révélé ta race ;

Des muses tu connais les bois hospitaliers ;

Tu naquis sur la terre où naissent les lauriers ;

Tu n'es pas tout Français, et le sang des Hellènes,

Ainsi que leur génie, a passé dans tes veines !...

Hélas ! si maintenant la faux t'eût respecté,

Tu jetterais pour eux un cri de liberté !

Oh ! que je trouve au moins cette tombe ignorée

Où reposent ta cendre et ta lyre sacrée....

T'appelant de mes cris, t'arrachant de la mort,

Je te demanderais un invincible accord.

Mais d'un rêve passé retrouvant les merveilles,

Que vois-je ? de la tombe est-ce toi qui t'éveilles,

André ? Saisis ton luth... chante... tu vas chanter...

Le voilà ! je l'écoute, et tous vont l'écouter :

« Réveillez vos échos, bois sacrés de Dodone !

« Tribune ! Parthénon ! champs de Lacédémone !

13

« Vieux tombeaux insultés par le pied du mépris !

« Un cri s'est élevé sur vos mâles débris.

« Résonnez ! résonnez, échos de l'harmonie !

« Rendez-nous les accens de l'antique génie !

« Que ses chants dans vos flancs trop long-temps endormis

« De leur bruit triomphal frappent nos ennemis !

« Vengeance ! liberté ! c'est le cri des Hellènes ;...

« Vengeance, arme le char ; liberté, prends les rênes ;

« Guide aux champs du trépas tout ce peuple irrité....

« Il s'éveille et répond : Vengeance et liberté !...

« Voici pour ses tyrans l'heure de la tempête ;

« L'éclair de son épée a brillé sur leur tête :

« Comme l'arbre d'Hercule à la terre attaché

« Arrache à ses liens son front long-temps penché,

« S'élance dans les airs ; et de ses longs feuillages

« Semble d'un ciel impur balayer les nuages ;

« La Grèce s'est levée, et, de son front puissant,

« Heurte la tyrannie, et brise le Croissant.

« O patrie! ô saint nom! ô Grèce infortunée!

« Par des enfans ingrats ô mère abandonnée!

« Ne cache plus encor ta tête entre tes mains;

« Lève ton front, et pleure aux regards des humains.

« Parais dans ta douleur! que l'univers les compte

« Tes pleurs.... tes pleurs de sang feront un jour sa honte!

« Ces peuples endormis dans l'oubli de tes maux,

« Et dont la servitude est encore un repos,

« Impuissans à briser le joug qui les opprime,

« Ces rebelles d'un jour qui n'arrivent qu'au crime,

« Qu'ils apprennent enfin quels efforts, quels exploits

« Du despotisme altier peuvent briser les lois.

« Quand c'est le fer qui règne, et qui fait les esclaves,

« La liberté devient la conquête des braves;

« Ou s'ils trouvent, pour prix de leur témérité,

« La mort.... eh bien! la mort, c'est de la liberté!... »

Ah! parmi ces trépas que l'univers contemple,

Tu donnas de mourir le plus sublime exemple,

André! Quand tu chantais, frappé dans ton matin,

Comme chante un convive au sortir du festin;

Quand la mort te jetant sa couronne flétrie,

Et brisant de tes jours la tige encor fleurie,

Comme Apollon banni retournant chez les dieux,

A ce monde mortel tu faisais tes adieux.

Le char marchait pourtant vers le lieu du supplice,

Qui punit si souvent ceux dont il fut complice.

Tout est prêt ; les bourreaux ; le fer de sang terni ;

Le char s'arrête.... André ! le voyage est fini !...

On dit, qu'en ce moment, et sur le char funeste,

S'assit à ses côtés une vierge céleste ;

Que sur le front d'André, séparant ses cheveux,

Penchant vers lui sa tête où brillaient mille feux,

Sa bouche, où souriaient sa pensée et son ame,

Déposa d'un baiser la dévorante flamme ;

Et l'on dit qu'à son front précipitant sa main ,

André frémit alors, et s'écria soudain :

« Là , j'avais quelque chose(1) ; » et c'était son génie,

Sa muse qui venait.... comme une épouse amie ,

Au front de son époux qui va se reposer,

Vient avant le sommeil déposer un baiser.

 Mais il dort.... c'en est fait !... et , dépouillant la vie ,

Pour d'éternels concerts sa voix nous est ravie.

Immortel dans sa gloire , au terrestre séjour,

Pour lui dire son nom , il n'est resté qu'un jour !

(1) Propres paroles d'André Chénier.

Millevoye.

MILLEVOYE.

De cendres et de mort toute flamme est suivie.

N'aimez pas, n'aimez pas, l'amour coûte la vie !

Ses voluptés d'un jour, et ses longs jours de pleurs,

D'un front jeune bientôt ont détaché les fleurs ;

Ses baisers font mourir, ses larmes sont mortelles,

N'aimez pas, n'aimez pas, la mort vient sur ses ailes.

Et moi, moi, pour calmer un dévorant transport,

Cherchant le froid du marbre et le froid de la mort,

Comme si le destin me guidait sur la voie,

J'approchai de la tombe où dormait Millevoye.

Et sur sa tombe assis, la tête dans mes mains,

De mes pensers errans sur les malheurs humains,

De souvenirs amers, de transports et de rage,

Dans mon cœur déchiré s'élevait un orage.

Et cependant les vents dispersaient les lambeaux

Des saules inclinés, doux voiles des tombeaux;

Et j'entendis au loin, dans toute la nature,

Ainsi que dans mon cœur, errer un long murmure;

La foudre s'irritait dans un dernier effort;

Je m'irritais comme elle, et blasphémais la mort,

Et, tel que la prêtresse horrible, échevelée,

Comme Ajax insultant la nature ébranlée,

Je relevai mon front dans mes mains appuyé,

Et le ciel éclatait.... et moi je m'écriai :

« Allez, autans fougueux! volez, noires tempêtes!

« N'éveillez pas les rois en passant sur leurs têtes;

« Glissez sur le palais du vice triomphant,

« Mais brisez la cabane où croît le faible enfant ;

« Que périsse la vierge espoir de l'hyménée,

« Et la fleur nuptiale à son front destinée !...

« Allez, fils de la mort, fils de la mort, volez !

« Messagers du destin, foudres, cieux ébranlés,

« Épaississez la nuit de votre voile sombre,

« Sur les pas des brigands amoureux de votre ombre,

« Et qu'au sinistre éclair à vos flancs échappé

« Le méchant soit tremblant.... et le juste frappé ! »

    C'est la loi des humains dans la nature écrite.

Au hasard par le ciel toute vie est proscrite.

La tombe aime à s'ouvrir au génie abattu,

Et tout espoir est vain ; comme toute vertu.

Et pourtant ses amis se disaient dans leur joie :

« La lyre est dans tes mains, chante, heureux Millevoye ! »

Hélas ! ils disaient : « Chante, éveille tes transports ;

« Les applaudissemens vont suivre tes accords.

« Comme l'encens sacré, vers les voûtes célestes,

« S'élève avec la voix des vestales modestes;

« Le poëte est un dieu dans sa gloire immortel,

« Et l'applaudissement encense son autel.

« Pour lui ravir les vœux et l'hommage du monde,

« La mort même n'a pas de tombe assez profonde. »

Insensés ! ils disaient : « Tel sera ton destin ;

« Et, comme dans les jeux de l'immortel festin

« La fille de Junon verse aux dieux l'ambroisie,

« Et jeune et belle aussi la douce Poésie,

« Au banquet du poëte ivre de volupté,

« Versera le nectar de l'immortalité.

« Son cœur d'aucun transport n'ignorera la flamme.

« Les amours le suivront, et brûlant dans son ame,

« La vierge, aux doux accords du poëte divin,

« Détachera son voile, et fuira dans son sein,

« Comme au doux bruit des eaux dans les grottes profondes

« Elle fuit le soleil, et se confie aux ondes.

Eh bien! venez ici; venez sur ce tombeau

Apprendre cette vie et ce destin si beau!

Au cri de la tempête, au long fracas des arbres,

Au froid torrent des eaux jaillissant sur les marbres,

Venez mêler vos cris! venez mêler vos pleurs!

Millevoye est ici... Tombeau, dis ses douleurs.

Il avait une lyre; il aima sur la terre;

Les rayons de la gloire et l'ombre du mystère

Ont enivré son cœur de génie et d'amour :

Et d'ombre et de soleil devait naître un beau jour.

Il n'eut pas un beau jour! et proscrit dans la vie,

Il souffrit et mourut d'amour et de génie.

Tel s'éteint un flambeau dans l'orage allumé,

Par le feu qu'il nourrit promptement consumé.

Quand ta flèche atteignit sur les rives d'Évène

Du ravisseur Nessus la fuite ardente et vaine,

Fils d'Alcmène, ce trait au centaure adressé,

Fut moins sûr que le feu que l'amour a lancé ;

Et la robe, affreux don fait à ton hyménée,

Bien moins que le génie était empoisonnée.

Ah ! lorsqu'un malheureux reçoit ces dons du ciel,

Dans ses jours abreuvés d'amertume et de fiel,

A combattre leurs feux en vain il se consume.

Il cède, il aime, il chante, et le bûcher s'allume !

Et comme au mont OEta tu conquis tes autels,

Il s'assied à ce prix au rang des immortels.

Et pourtant Millevoye ignora leur furie ;

Enfant du luth paisible et de la rêverie,

Son ame n'a pas fui, comme on voit à grands flots

Couler des pleurs mêlés de cris et de sanglots.

Le poison n'eut pour lui ni rage, ni délire ;

Et son cœur dévoré n'a point maudit sa lyre.

Ainsi que le narcisse incline sa pâleur

Sur l'onde, qui bientôt emportera sa fleur,

Long-temps avant sa mort, et penché sur sa tombe,

Il mesura la couche où tout espoir succombe,

Où nul songe ne vient, doux et flottant dans l'air,

Se glisser en riant dans un sommeil de fer.

Triste, alors de sa vie achevant la souffrance,

Échappant comme un songe aux mains de l'espérance;

A sa tombe entr'ouverte adressant un salut,

Il jetait devant lui les débris de son luth.

Chaque jour enlevait de longs jours à sa vie,

Et chaque jour d'un chant leur perte était suivie.

La lyre meurt ainsi; du fragile instrument

Chaque corde, à son tour, se rompt péniblement.

La lyre en se brisant ne reste point muette,

Et la lyre est la vie et l'âme du poète.

O cygne de la France! hélas! quand il pleura

Et ses jours et son luth qu'à peine il effleura ;

Sans doute il ne crut pas que sa muse souffrante

Serait seule à chanter sa jeunesse expirante !

Et pourtant, lorsque enfin le jour fatal eut lui,

Nul chant funèbre et doux ne s'éleva pour lui ;

Nul, d'un cri déchirant, ne déplora sa perte,

Et nul ne dit alors, près de sa tombe ouverte,

A la terre tombant sur son cercueil fermé :

« Sois légère à celui dont l'ame a tant aimé. »

Mais quand il ne fut plus, une voix prophétique

Répandit dans les airs un accent poétique,

Et dit, comme un oracle échappé des autels :

« Ainsi que tu vécus pendant tes jours mortels,

« Aux arbres des forêts quand ta vie attachée

« Tomba comme la feuille errante et desséchée;

« Ainsi, dans l'avenir ton destin est jeté,

« Et tu vivras ainsi dans l'immortalité.

« Un laurier sur ta tombe épaissira son ombre.

« De tes jours de grandeur il comptera le nombre.

« Mais les lauriers constans ont des fronts toujours verts;

« Vois ta gloire et leur feuille à l'abri des hivers.

« Nul ne pourra compter les beaux jours que tu cueilles;

« Ne crains plus l'avenir et la chute des feuilles! »

Mais tandis que mon cœur déplore ses tourmens,

Les vents ne sifflent plus entre les monumens;

Le ciel a soulevé son voile funéraire,

Comme d'un œil baissé se lève la paupière;

Un rayon du soleil vient caresser les fleurs,

Comme un regard d'amour se glisse entre des pleurs;

Les foudres en fuyant assoupissent leur flamme;

La tempête déjà n'est plus que dans mon ame.

Poète infortuné! doux Millevoye, adieu,..

Puisque l'orage fuit, je fuis aussi ce lieu;..

Je reviendrai bientôt: mais ma voix, sur la terre,

N'ira plus du tombeau troubler le saint mystère...

Ami ! je veux relire, avant de revenir,

Et ta vie et tes vers pour apprendre à mourir !

FIN DE LA SECONDE PARTIE.

TROISIÈME PARTIE.

Epitre

à mon Chien.

ÉPITRE

A MON CHIEN.

Puisqu'a mes soins l'amitié te confie,

Pauvre petit, partage mon destin :

Je n'ai point d'or, mais la philosophie

Verse en riant de l'eau dans mon festin.

La pauvreté n'a rien qui m'épouvante ;

On peut dormir sur un lit sans duvet,

Et sous mon toit, que le chaume revêt,

Malgré mes maux, parfois encor je chante.

Si la fortune a des attraits pour toi,

Sans balancer choisis un autre maître ;

Car, je le crains, la volage chez moi

Jamais, hélas ! ne descendra peut-être.

Mais, d'un ami si tu veux le soutien,

Viens avec moi, ma cabane est la tienne.

Viens ! ne crains pas qu'un indigne lien

Comme un esclave à mes pieds te retienne.

Tu seras pauvre, ami ! car je n'ai rien ;

Dans mon réduit on ne trouve qu'un bien,

Je n'ai que lui ; mais ce sera le tien :

Tu seras libre ; et si dans ma chaumière

Ton amitié n'attache point tes pas,

Tu reprendras ta liberté première.

Va, sous le toit que l'on ne chérit pas

Il n'est jamais de couche hospitalière.

On dort paisible à côté d'un ami ;

Mais le tyran, dans sa demeure altière,

Et son esclave assis dans la poussière,

L'un près de l'autre ont toujours mal dormi.

La haine veille, ou ne dort qu'à demi.

Veux-tu connaître enfin mon toit modeste ?

Jamais chez moi n'habita le pouvoir :

Je le connais, et ne veux point l'y voir ;

Son air séduit, mais cet hôte funeste

Perd l'insensé qui veut le recevoir.

La gloire aussi n'a rien qui le décore ;

Je l'aimais, elle !.. et j'en fus dédaigné...

A l'oublier je me suis résigné ;

Et cependant parfois j'y pense encore.

Tel cet amant, qu'une jeune beauté

Avec rigueur a repoussé loin d'elle,

Veut abjurer une flamme fidèle :

« Qui ? moi, l'aimer ? » dit-il avec fierté ;

« Non, non : cherchons une ame moins rebelle ;

« On peut trouver d'autres plaisirs ailleurs;

« Je l'oublirai ! » Mais qu'un hasard rappelle

Son souvenir, et, l'œil baigné de pleurs,

Il dit encore : « Oh ! dieux ! qu'elle était belle ! »

Nul jeu chez moi pour charmer tes momens;

Trop peu d'amis, point de galant office.

Tu n'iras pas, messager des amans,

Dans un billet que ma prudence glisse

Sous un collier creusé par l'artifice,

A quelque belle apporter mes sermens.

Jamais, pour toi, beauté reconnaissante,

L'œil attaché sur l'amoureux papier

Qu'elle découvre au fond de ton collier,

Ne flattera, d'une main caressante,

De son ami le fidèle courrier.

N'y pense pas!... d'entrer dans ma cellule,

L'Amour, crois-moi, se ferait un scrupule;

Jeune beauté qui connaît ses appas

Sait, de nos jours, ce que vaut un faux-pas;

Et dans ce siècle, où sur tout on calcule,

Aimer pour rien serait trop ridicule.

Trop jeune, hélas ! j'ai vu fuir de mon cœur

D'un vain espoir la riante chimère.

Pouvoir, amour, gloire, amitié, grandeur,

Ont dépouillé leur éclat éphémère !

Trop malheureux de voir leur nudité,

Je fuis souvent la triste vérité,

Et ressaisis l'erreur qui me fut chère.

Je reprendrai le prisme séducteur

Qui de beaux jours éclaira ma carrière.

L'erreur est-elle où je vis le bonheur ?

Craindre et souffrir, voilà la seule erreur !..

Rêves si doux ! je veux encor vous croire.

Oui ! j'aime encor mon pays et sa gloire.

Je l'avoûrai !.. quand, près de mon foyer,

Vient, avec moi, s'asseoir un vieux guerrier,

Nous parcourons les fastes de l'histoire ;

Un nom fameux frappe-t-il sa mémoire ?

Depuis long-temps endormi dans son cœur,

Un souvenir réveille sa grandeur.

Et le soldat, fier,.. respirant à peine :

« J'y fus, dit-il, je m'en souviens encor ;

« J'ai vu nos camps au sommet du Thabor ;

« Nos vieux soldats sur la rive africaine,

« Près des débris de tant de monumens,

« Au seul aspect de la cité thébaine,

« Lui prodiguaient leurs applaudissemens !

« Oh ! comme alors la gloire avait des charmes !!

« Sur nos vaisseaux elle franchit les mers ;

« En vain, fuyant au-delà des déserts,

« L'Arabe croit échapper à nos armes ;

« Il fuit en vain; son jour de mort a lui;

« Son sang versé nous mena jusqu'à lui !

  « Depuis ce temps où notre jeune gloire

« Vint ranimer, du feu de ses rayons,

 « L'éclat passé du sol des Pharaons;

« Combien j'ai vu de beaux jours de victoire!!

« Nos pavillons ont flotté sur les champs

« Où l'Espagnol traînait son insolence :

« L'Italien, dans sa lâche indolence,

« A ses vainqueurs a prodigué ses chants;

« Et sur la terre en souvenirs féconde,

« Nos vieux soldats, dans la ville du monde,

« Dormaient en paix au milieu du Forum !

« Brillante alors, notre enseigne ennemie

« A dominé l'antique Latium,

« Et marié, sur les monts d'Italie,

« Ses trois couleurs aux roses de Pestum.

« Trois fois vaincu, l'enfant de l'Allemagne

« Vit le vainqueur du Nil et de l'Espagne.

« Les rois, alors tremblans de son courroux,

« Suivaient nos camps ou fuyaient devant nous !

« Ils choisissaient... sa gloire ou bien sa haine,

« Ceints de lauriers ou portant notre chaîne,

« Dans leurs palais esclaves potentats,

« Ou dans nos rangs victorieux soldats !

« Et tant de gloire en un jour fut perdue !

« En vain au loin la patrie éperdue

« A vu ses fils vaincus par les hivers ;

« Belle, en tombant, de sa grandeur passée ;

« En vain déjà par cent peuples divers

« De toutes parts la France était pressée,

« Par ses enfans elle fut délaissée,

« Et l'Étranger nous dut tous nos revers.

« En un seul jour que de gloire éclipsée !..

« Seul, il fera l'orgueil de nos rivaux !

« Jour criminel ! source de tous nos maux ;

« La trahison en fuyant nous désarme.

« O Mont-Saint-Jean !.. » Le guerrier, à ces mots,

Se tait, se lève, et dévore une larme...

Et cette larme a tombé sur mon cœur ;

Et le soldat, qui, jadis en vainqueur,

A parcouru la moitié de la terre ;

Là... devant moi... pleurant sur son destin,

Vient quelquefois, poussé par la misère,

Le front baissé, me demander du pain.

Ah ! que le jour où vers mon toit d'argile

S'avancera le soldat valeureux,

Toi qui déjà partages mon asile,

Cours devant lui, flatte le malheureux.

Donne un beau jour encore à sa vieillesse,

Viens comme moi guider ses pas pesans :

Va ! la vertu qui pare la jeunesse,

C'est le respect qu'elle a pour les vieux ans.

O compagnon de ma jeune infortune !

N'ose jamais insulter au malheur.

N'imite pas la tendresse commune

De ces amis qu'éloigne la douleur.

Si tu savais comme l'oubli des hommes

De ma jeunesse a flétri les beaux jours !

J'ai demandé leur superbe secours ;

Ils m'ont laissé sous le toit où nous sommes,

Où la misère achèvera leur cours.

Et quand viendra le jour de la souffrance,

Seul sous mon toit tu seras près de moi ;

Seul tu suivras mon funèbre convoi,

Seul des vivans tu sauras mon absence,

Et qu'un ami ne dort plus près de toi !

Et quand, le soir, à travers la bruyère,

Le voyageur passera solitaire,

Si, de mon luth, les fougueux aquilons,

Près de ma tombe ont réveillé les sons,

Et si tu viens pour pleurer sur la pierre

Qui pèsera sur ton maître expiré,

Le voyageur, près de vous attiré,

Dira tout bas : « Sans doute, à cette place,

« Dort illustré quelque enfant du Parnasse :

« Ce chien mourant, ce luth harmonieux,

« M'ont dit assez qu'il vécut pour la gloire,

« Que l'amitié vint lui fermer les yeux,

« Qu'il fut heureux, et que de sa mémoire

« Le souvenir veille autour de ces lieux ! »

Et de ma tombe en détournant sa vue,

Le voyageur, de son doute occupé,

En reprenant sa marche suspendue,

Croira pleurer un heureux qu'a frappé

Dans les plaisirs une mort imprévue :

Comme ton maître il se sera trompé ! ! !

La Nuit

De Douleur.

LA NUIT

DE DOULEUR.

Je ne puis respirer... Que ma couche est brûlante !

Dieux ! est-ce assez souffrir ? Que cette nuit est lente,

Pour la nuit du trépas !

Comme tout dort en paix dans ma triste demeure !

Quel silence !.. écoutons !.. ah ! c'est encore une heure !

Je ne l'espérais pas.

A mes regards voilés ma lampe va s'éteindre;

C'en est fait, ce n'est plus le moment de se plaindre :

Accomplissons mon sort.

Fermons des jours trop courts et peu dignes d'envie;

J'ai passé... j'ai souffert... voilà ce qu'est la vie!..

Allons savoir la mort.

Adieu jours tant rêvés que son amour espère ;

Encore quelques ans, et peut-être mon père

Aurait connu l'orgueil.

Jours de gloire et d'espoir, qu'à jamais j'abandonne,

Vous l'eussiez consolé... peut-être une couronne

Eût paré mon cercueil.

Dormez, ô mes amis, compagnons de jeunesse;

Et toi qui m'attendais pour charmer ta vieillesse,

Mon père, dors aussi.

Seul pour pleurer ma vie et ma belle espérance,

Seul pour voir et souffrir ma dernière souffrance,

Je dois veiller ici.

Dormez, et quand viendra l'aurore matinale,

Alors vous éveillant après la nuit fatale,

C'est moi qui dormirai...

Lors vous n'entendrez plus une plainte inutile,

Mais dans mon œil éteint une larme immobile

Dira que j'ai pleuré!...

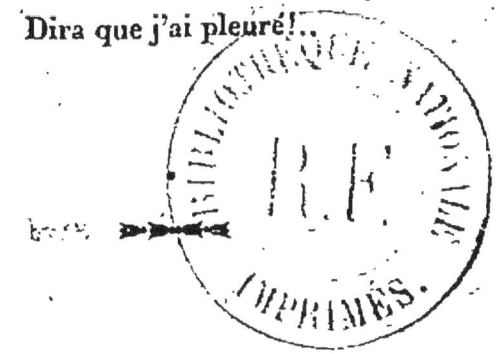

TABLE.

PREMIÈRE PARTIE.

AMOURS FRANÇAISES.

Camma, ou la Fille du Franc............ 7

Berthe, ou la Fille du Châtelain........ 23

Marie, ou la Fille du Catholique........ 49

Laure, ou la Fille de l'Émigré.......... 79

SECONDE PARTIE.

CHANTS ÉLÉGIAQUES.

Gilbert............................. 117

André Chénier...................... 131

Millevoye.......................... 151

TROISIÈME PARTIE.

Épître à mon Chien................. 165

Élégie............................. 179

FIN DE LA TABLE.

COLLECTION DES POÈTES FRANÇAIS

DU XIXᵉ SIÈCLE,

Format in-18, sur papier fin grand-raisin.

~~~~~~~

MESSÉNIENNES ET POÉSIES DIVERSES. 2 v. in-18. grand papier raisin vélin satiné. Dixième édition, ornée de six vignettes et de vingt sujets gravés sur bois par Thompson.
Prix : 12 fr. , et 13 fr. par la poste.

MESSÉNIENNES ET POÉSIES NOUVELLES , 1 vol. in-18, grand papier raisin satiné, orné de trois gravures et d'une vignette gravée sur bois par Thompson.
Prix : 5 fr. , et 5 fr. 50 c. par la poste ; grand-raisin, fig. avant la lettre : 10 fr.

OEUVRES COMPLÈTES ET INÉDITES DE MILLEVOYE. 6 jolis volumes in-18, ornés de six vignettes.
Prix : 24 fr. papier vélin satiné ; grand-raisin vélin, figures tirées sur papier de Chine : 50 fr.

POÈMES ET OPUSCULES en vers et en prose, par M. Campenon, de l'Académie française. Nouvelle Édition, revue et corrigée. 2 forts volumes in-18, ornés de quatre vignettes.
Prix : papier fin satiné, 7 fr. les deux volumes ; 10 fr. par la poste, et 20 fr. papier raisin vélin fin satiné, figures avant la lettre.

LA MORT DE SOCRATE. 1 joli volume in-18, imprimé comme l'édition in-18 des premières Méditations de M. de Lamartine. Troisième édition.
Prix : 3 fr. , et 3 fr. 50 c. par la poste.

POÈMES ET CHANTS ÉLÉGIAQUES , par Alex. Guiraud. 1 vol. in-18, grand papier raisin satiné, orné de jolies gravures. Deuxième édition.
Prix : 4 fr. ; grand-raisin vélin, fig. avant la lettre : 18 fr.

NOUVELLES ODES, par M. Victor Hugo. 1 vol. in-18, grand-raisin satiné, orné d'une jolie gravure. Deuxième édition.
Prix : 4 fr. ; grand-raisin vélin, fig. avant la lettre : 8 f.

POÈMES, ODES ET POÉSIES DIVERSES , par M. X.-B. Saintine. 1 joli vol. imprimé sur grand-raisin satiné, orné d'une vignette.
Prix : 3 fr. , 3 fr. 50 c. par la poste.

CHANSONS , par M. Francis ; 1 joli vol. in-18. grand-raisin.
Prix : 3 fr. , et 3 f. 50 c. par la poste.

ÉLÉGIES ET POÉSIES NOUVELLES , par Mad. Desbordes-Valmore. 1 joli vol. in-18. Prix : 4 fr. , et 4 fr. 50 par la poste.

MÉDITATIONS POÉTIQUES (PREMIÈRES), par A. de Lamartine. Dixième Édition. 1 vol. in-18 orné d'une jolie vignette, 3 fr. 50 c.